他們的幸福生活

何玉茹中短篇小說選

「貓空——中國當代文學典藏叢書」出版緣起

當代中國從不欠缺動盪的驚奇故事，卻少有靈魂拷問的創作自由。從禁錮之地到開放花園，透過自由書寫，中國作家直視自我，探索環境的遽變，以金石文字碰撞出琅琅聲響，讓讀者得以深度閱讀中國當代文學的歸向。

秀威資訊自創立以來，一直鼓勵大家「寫自己的故事，唱自己的歌，出版自己的書」，主張「不論任何人、在任何地方、於任何時間」都可以享有沒有恐懼的創作自由，這正是我們要揭櫫的現代生活根本，也是自由寫作的具體實踐。

期待藉此叢書，開拓當代中國文學的視野版圖，吸引更多中國作家投入寫作，讓自由世界以華文書寫的創作，中國作家的精采故事不再缺席。

「貓空——典藏叢書」編輯部

二〇二二年九月

代序
小說和猶豫不決

我曾在一九九八年寫過一個短篇，題目叫〈樓下樓上〉，主要寫一個人在懊悔之中的掙扎，在這其間，這個人遇到了樓下和樓上兩個不相干的人，讓他沒想到的是，這兩人與他的內心竟有了深刻的揮之不去的連結。當時起下這個題目，只是想隱喻主人公猶豫不決的心理狀態，但後來的一些年裡，我感覺到它的意義遠不只一個短篇的題目，它隱喻的猶豫不決，與自己的存在，與自己的寫作，以及與許多的人和事，都彷彿有著難以言說的聯繫。在後來的一篇短文裡，我曾這樣寫道：「有『猶豫不決』的存在，我們心裡就踏實了許多，說明我們至少沒有麻木僵化，至少還在思考，至少還有矛盾交織中的希望，也就至少不會忽略『猶豫不決』於我們的重要。」

我出生和成長在一個城市與縣區農村交界的地方。這樣的地方，既不是城市，又和縣區的農村有所不同，不說生活習慣、待人處事，只說話的口音，就上上下下地游移不定。這地方，就如同一個人處在此岸與彼岸之間一樣，自然地就比兩岸的人多了張望，多了比較，也多了不確定和猶豫不決。而我生長的家庭，也有點類似這地方，我的父親在城市工作，母親則是一個每天扛鋤頭下地的農民。記得那時父親和母親為一些為人處事方面的事常有爭論，母親最常說的一句話就是：「這是農村，不是你們城市！」在我看來，父親是有些不切實際地在農村套用城市的方式，而母親雖識字不多，做事全憑了感覺，但那感覺多半都是準確的。雖是這樣，父親在家庭的作用仍是不可小視。首先他每月六七十元的工資，成為我們全家生活的保障；其次他總是把收音機、錄音機、電視機這樣的電器率先買回家來，使我們家幾乎與城市的進程同步。再者，由於他的存在，我家晚上總是坐滿了鄉親，聽廣播，看電視，議論國家大事，談論城鄉趣聞，使我們家彷彿成了一個城鄉交界處的交界處。這樣的環境，對成全我後來的寫作自是難得的好事，但那時的我卻並不知曉，反而一心渴望著一個屬於自己的房間。姐姐考上大學走後，這願望終於實現了，我在自己的房間裡讀書或者呆坐，或者召來一群女孩子談天說地。但奇怪的是，滿足之餘我仍不能擺脫父母房裡的誘惑，常常地，就跑到熱鬧的煙氣騰騰的屋裡坐上一會兒。很多年裡，我都在自己的房間和父母的房間之間跑來跑去，獨處的時候嚮往熱鬧，熱鬧的時候又嚮往獨處。

而我和城市的關係，與以上的情形也有些相似，那時，戶口對人的束縛還相當嚴重，儘管我們與城市近在咫尺，城市戶口與農村戶口就像今天富人和窮人的差別一樣，是一條難以逾越的鴻溝。我們村的一批年輕人，不甘心這樣的差別，每天騎了自行車，到城市去做各種各樣的臨時工。就如同今天的農民工一樣，區別只在，今天的農民工更多地是為了賺錢，而過去的我們更多地是懷了對城市一份浪漫的嚮往。我自然也是那批年輕人中的一個，每天從家到城市，又從城市回到家裡。那之間是一條十幾里長的坑窪不平的土路，晴天裡顛得自行車「咣啷、咣啷」響，雨天裡需要把自行車扛在肩上。即便這樣，心裡還是有幾分優越，因為八小時的工作時間畢竟和村人們有了區別，在太陽還老高的時候，已經下了班的我們騎了自行車從仍在勞作的村人跟前經過，那感覺好的真是難以言說。

如今，那條土路早已變成了筆直寬闊的柏油路。可那條路在我這裡，彷彿從來就沒有消失過，我彷彿永遠地走在路上，永遠地無法抵達路的一頭。我知道，那條路其實已變成了一條心路，它連結的已不僅僅是城市和村莊，還波及了與心有關的方方面面，比如生與死，比如善與惡，比如愛情與婚姻，比如寫作與生活……。但無論它波及得多麼深遠，我總能看到一個猶豫不決的影子，它不那麼堅定，不那麼明晰，卻可以體味、體察在任何一頭都難以體味、體察的人生滋味和真諦。

我常想，若沒有那條坑窪不平的土路，若沒有對「猶豫不決」的發現，還會不會有我今天的寫作？

我是二十多歲開始寫作的，記得我曾在一篇散文裡寫到過自己十八九歲時的生活：「白天我們（指一群女孩子）在田地裡受苦，晚上我們便釀造快樂驅趕我們的受苦，沒有電影看的時候，我們就聚在一起重溫電影或者小說，內容是次要的，只要沾點虛無之光，我們的心靈如同螢火蟲一樣，不由自主地就往那裡去了。反正我們不肯讓具體的受苦多侵占我們的生活半步，我們寧願有更多的虛無，我們實在需要精神來支撐受苦的身軀。」

因此，我最初的寫作，其實更是要從世俗生活中超脫出來的浪漫寫作。而小說又是談人的精神的，正需要這超脫的精神狀態。待寫作深入下來，我才開始意識到，寫作其實遠不只是一片浪漫的雲彩，它也許是一種超脫，但它更是一種對世俗生活的回望；只有回望了，那雲彩才可能閃爍出靈光異彩。

記得對我初期小說的評論，常可看到「清新」、「明澈」的字眼，後來的小說，就常有人談它的「模糊性」了。我想這是因為，我對小說的理解發生了變化，或者說我對人的存在的理解發生了變化，它不再是單一的或此或彼的，由於太多的不確定因素，太多的這種因素的神祕連結，它更應該是混沌的、複雜而微妙的，就如同一棵樹、一個人、一個城市、一個國家一樣，五臟六腑，樣樣俱全，是一個完整的獨立的自給自足的世界。

當然，創造一個小說世界，並不比建造一個世俗世界更容易，因為小說世界雖說用的是世俗的材料，但它全來自一個主觀的心腦，一不小心，心腦就可能武斷地凌駕於小說的內在秩序之上，讓小說世界聽命於自個兒的指揮。相反，放任材料，無節制地鋪陳，同樣不是對小說世界的尊重，因為在混沌、複雜的同時，簡單純粹的作用也非同小可，就如同畫龍點睛一樣，這點睛的一筆，往往才最是有力量的。

於是，我便在小說的複雜、簡單之間，在清澈、模糊之間，在安靜、熱烈之間，在微妙、宏偉之間，在持續、開始之間，在意識、潛意識之間，在行動、心理之間，在人與物之間，在人與人、物與物之間，在思想、物質之間，在世俗性和神性之間，來來去去地行走著，就如同當年在那條坑窪不平的土路上的行走一樣。

小說的思考，實在應該是一種路上的思考，一種猶豫不決的不確定的卻又堅定地超越於思想和世俗的思考。

好在，我寫作前的生存背景，可說是為這樣的思考做了可靠的鋪墊，或者說，這樣的小說思考必然會呼應這樣的生存。我需要做的，也許只是耐心、認真地走在其中，不確定什麼，不追趕什麼，永遠地、勇敢地走啊走。是的，勇敢，我感到，猶豫不決也是需要一份勇敢的。

寫於二〇一一年二月十三日

刊於《文藝報》二〇一五年一月六日

目次

「貓空——中國當代文學典藏叢書」出版緣起 003
代序　小說和猶豫不決 004
田園戀情 011
四孩兒和大琴 028
樓下樓上 068
我們的小姨 084
回鄉 103
旅伴們 125
他們的幸福生活 185

田園戀情

蘇奇在一所市邊上的中學畢業以後，就隨母親開始了田地裡的生活。在土地和鮮菜的氣息的包圍裡，她們播種啊，施肥啊，鋤草啊，日日地忙碌著，也快活著。

蘇奇原本是可以考上大學的，但在考大學前的一個學期裡，她忽然對一位外語老師起了愛慕之心，這使她常常視書本如天書一樣茫然無知。更糟糕的是，那老師的女朋友忽然出現在了學校裡，蘇奇常可以看到她小鳥依人樣地與那老師在操場上緩緩地散步。這使蘇奇小小的心靈愈發蒙上了痛苦的陰影。離開學校的一天，她找到老師慟哭了一場，同時以慟哭做了她初戀的結束。在她隨母親進到開闊、清新的菜地裡時，她忽然感到了從未有過的充實和愜意。

蘇奇的母親似是個不善於做母親的人，她曾以試探的口氣問蘇奇：「想不想再複習一年？」蘇奇則堅決地搖了頭。母親就沒再說什麼了。母親從不干涉蘇奇的選擇，且她自己的選擇也常常要蘇奇來拿主意，比如：「種豆角還是種黃瓜？」蘇奇想也沒想地說種黃瓜，母親就依她種了黃瓜。有時連蘇奇自己都覺出了過分，就反過來問母親：「您說呢？」母親仍然拿不準地說：「隨便吧。」母親做起活計來卻又出奇地靈巧、灑脫，雖是瘦弱的身子，卻能應付一切粗細、輕重的活計，就像天生是來擺布這些活計的，而不像別人捶腰捏背地喊「累啊，累啊」的，受著活計的擺布。蘇奇總也說不準該把母親歸為哪一類的女人，面對著母親的灑脫、靈巧，她甚至懷疑母親的少有主見是裝出來的，是有意對她蘇奇的「培養」；可是，她知道母親又是最不會裝假的，倘若母親不想借給哪個人一樣東西，只會說：「問蘇奇吧。」而連「沒有」也說不出。蘇奇只好在心裡做著這樣的結論：母親做人是軟弱的，做活兒又是有力量的，母親大約天生屬於菜地。

這一天，蘇奇與母親在菜地裡鋤著雜草。地是澆過不久的，濕潤得很，一鋤下去，翻起的泥土就如同褐色的波浪，一浪接一浪的，讓人也隨了生出陣陣的清爽。

蘇奇開始是與母親並肩鋤著的，沒有多長時間，就被母親落下了一截。母親總是這樣，做起活來就不管不顧的。蘇奇曾多少次地說過母親：「你不能把我一個人撇下不管。」母親說：「各有各的壟子，叫我怎麼管你？」蘇奇說：「你可以幫我，或者可以慢一點。」母親順從地點點頭，但到真幹起來的時候，就又會把蘇奇忘得乾乾淨淨。這卻也不影響蘇奇的好心情，反而愈發使她對母親深深地愛著了。她常常由母親想到一個有教養的男孩，不強迫別人做什麼，卻又執拗、完美地做著自己喜歡做的事情。這樣的想像讓她感到了好笑，母親和男孩怎麼會聯在一起？她覺得，大約是那個有教養的男孩從沒出現過的緣故，即便那位她曾愛戀過的老師，與那男孩也還有很大的不同。因此，母親就好比一泓清泉，滋潤著蘇奇對未來男孩的想像，而眼下清新的泥土，似讓這想像更添了幾分親切和感動。

「蘇奇。」

蘇奇聽到母親在前面喚她的聲音。她跟著「嗯」了一聲。

「蘇奇，咋樣了？」

蘇奇明白母親問的是什麼，但她不想回答。母親總是在她的前面與她對話，這使她總也看不到母親的眼睛和臉面。

「蘇奇，問你呢？」

蘇奇看母親轉過頭來，就盯了母親問：「什麼？」

母親又將頭轉了回去，說：「你知道是什麼。」

蘇奇有些好笑，覺得母親就像個害羞的女孩，總害怕著與人的目光相對。有一次，她與母親面對面地談話，先是看著母親的眼睛的，漸漸地，就發現母親的眼睛轉向了地下。但母親顯然仍感到了蘇奇的目光，她說：「別這樣。」蘇奇忍住笑，說：「別咋樣呢？」母親說：「我就從來不為難你。」蘇奇有些疼惜地望望母親，心想，在這樣的村子裡，怎麼會有母親這樣的人呢？

蘇奇回答母親道：「吹了。」

母親說：「就知道會吹的。」

蘇奇說：「你怎麼知道？」

母親說：「你這樣的人，哪個能讓你喜歡？」

蘇奇說：「你就讓我喜歡。」

聽不到母親的答話，蘇奇就又說：「媽，聽見了麼？」

母親瘦削的後背在蘇奇的目光裡晃動著，「刷刷」的鋤草聲蓋過了田地裡的一切聲音。

停了會兒，才聽到母親說：「也不知你像誰。」

蘇奇猜想母親是又想到了父親。父親是個喜歡說話的人，一生裡他似將母親的話也一併說了，使母親倒變了個沉默寡言的傾聽者。但蘇奇毫不以為自己是父親一樣的人，父親喜歡說話卻不喜歡用腦，他的說話往往流於表面；而她蘇奇是更喜歡用腦的人，她的話說出來總可以一針見血。

蘇奇聽到母親又說：「你姨媽待會兒要來。」

蘇奇奇怪道：「來哪兒？來菜地？」

母親點點頭說：「還是為你的事。」

蘇奇說：「煩死了，煩死了。」

母親說：「你要真煩，就到別處玩會兒，等她走了再回來。」

母親平靜地說著，不停活計，也不回頭。

蘇奇說：「我一走，姨媽會把你罵個狗血噴頭的。」

母親說：「隨她罵去。」

蘇奇說：「你就不怕我錯過機會？」

母親說：「在你了，怕錯過你就留下。」

蘇奇賭氣似的放下鋤頭，說：「你總是這樣，在我了，在我了，就不能在你一回？」

母親繼續鋤著，不再理睬她。在她賭氣的時候母親總是不理睬她，最終又總是讓她自己覺得無趣起來。

蘇奇的姨媽已給蘇奇介紹過十幾個男朋友，蘇奇都是只見一面就搖了頭。姨媽是自信慣了的人，不甘心這一次又一次的失敗，便捨了工夫，一趟一趟地來往於工廠與菜地之間。姨媽是市區某工廠的科室人員，她為蘇奇介紹的多是廠裡人或廠裡人的後代，有的家在市區，有的家在外地；有的學歷很高，有的還不若蘇奇的學歷。蘇奇倒不在意這些，看重的只是一個感覺，就一個一個地都見。讓蘇奇心煩的不是這接見大戰，而是姨媽的失之千里的眼光。姨媽事前總是把對方說得比蘇奇這裡好上一百倍，待蘇奇抱了希望見到對方時，往往是與姨媽的說法又差了一百倍。姨媽卻還不肯服輸，啪啦啪啦做蘇奇的工作，做不通，就問蘇奇為什麼？說：「我總要跟人家有個交代啊。」蘇奇心裡湧動著數不清的理由，偏又說不出一個來，只得說，跟她希望的不一樣。姨媽說：「你希望的是什麼樣子呢？」蘇奇又是答不出來，有一次逼急了，忽然就說道：「不隨口吐痰的人就行。」姨媽拍手笑道：「這還不好辦，找乾淨的不就結了。」果然就又介紹了幾個，全是西服革履、一塵不染的派頭。見蘇奇仍是搖頭，姨媽便十分不悅，說：「你倒說說看，哪個是隨口吐痰的？」蘇奇說，在她的感覺裡都像是。姨媽說：「有兩個我幾乎是天天跟人家見面的。」蘇奇說她說不清楚，反正感覺他們會，今天沒吐，總有一天會吐的。姨媽說：「你這樣的，怕是一輩子找不到婆家了。」姨媽又說：「一個種菜的，就是找個隨口吐痰的，吐在菜地裡也被土埋了。」蘇奇不高興地說：「那豈不把菜地弄髒了。」姨媽說：「菜地風吹雨淋都不怕，還怕一口痰麼？」蘇奇說：「你不懂，就像你不懂我媽媽一樣。」姨媽怔一怔，說：「這孩子，你媽媽我怎麼會不懂，你懂你倒說說看。」

蘇奇本是隨口而出的一句話，全憑隱約的感覺，只好說：「反正她跟你不一樣。」姨媽得勝了似的笑道：「還用你說，街上的傻子都知我倆不一樣。聽我說，你媽媽是個一輩子都要跟菜地摽在一起的人，你姨媽卻是個一輩子都要跟菜地分離的人。」

蘇奇望著姨媽，心裡忽然像打開了一扇亮窗，她搖搖頭道：「我倒覺得，媽媽是個看重個人的人，而姨媽是個看重時尚的人。」

姨媽說：「看重時尚也沒什麼不好，再說你媽媽那也不叫看重個人，那叫看重受苦，連個主見都沒有的人，怎麼能叫看重個人。」

蘇奇不由漲紅了臉說：「她是沒有主見，她要不是沒有主見，哪會有姨媽的今天。」

姨媽也紅了臉說：「你知道什麼！後來也不是沒有招工的機會，她都像當初讓給我一樣讓給了別人，這輩子唯有這件事她做得有主見，她是自願的，你沒有理由這樣對你的姨媽說話。」

蘇奇說：「我沒有怪你，我是說，你不該輕視我媽媽。」

姨媽說：「你媽可真有福氣，有這麼個孝順女兒。可說心裡話，我可不想讓你受你媽媽的拖累，你該有另外的生活，姨媽所以一趟趟地跑，就是為了這個。你是有主見的孩子，你不會像你媽媽一樣地生活一輩子，是不是？」

蘇奇心裡顫動了一下，說：「跟媽媽種菜，我還沒覺出什麼不好。」

姨媽以堅定的口吻說：「其中的利害，早晚你會曉得的。」

蘇奇沒有迴避姨媽的到來。她對母親說：「我不想讓你當一個犧牲自己掩護別人的人，該受掩護的是你。」母親說：「說什麼呢你。」蘇奇沒再吱聲，她想，也許她並不完全為了母親，她的內心，還在渴望著那個有教養的男孩的出現？

姨媽來到菜地的時候，身邊還跟了個穿淺色衣褲的小夥子。

這是蘇奇和母親都沒想到的。蘇奇問母親：「怎麼回事？」母親搖搖頭，說：「你姨媽一會兒一個想法，天知道。」

但蘇奇還是聽從姨媽同小夥子開始了單獨的談話。小夥子乾淨的裝束讓蘇奇不忍心淡漠他。

蘇奇請姨媽代她鋤草，她則與小夥子背對了母親和姨媽坐在菜地邊上。

「我叫楊西。」小夥子自我介紹說。

蘇奇笑笑，說：「姨媽不是介紹過了？」

小夥子說：「我喜歡這名字，楊——西。」

蘇奇更笑起來。

小夥子說：「蘇奇這名字也好，凡是平聲和揚聲結合的名字我都喜歡，不管先平後揚還是先揚後平，都給人一種音樂感。你不覺得是嗎？」

蘇奇望了這個叫楊西的小夥子，心想，開口就談名字的平聲、揚聲的人，一定是個有趣的人。下面的時間裡，蘇奇就與楊西肩並肩地你說一會兒、我說一會兒的，雖淨是些類似「揚聲、平聲」的閒話，卻愉悅得很，彷彿兩個早就相熟似的。叫蘇奇驚奇的，是楊西竟還談到了她的母親。楊西說：「見到你母親的時候，叫人心頭一震。」

蘇奇笑道：「你震什麼。」

楊西說：「真的，不是開玩笑。」

蘇奇說：「那就說說看。」

楊西轉回頭看一眼菜地裡的蘇奇的母親，說：「說不好，感覺到的東西說出來就不是它了。」

蘇奇說：「那就別說了。其實，說不說的我也知道。」

楊西就讓蘇奇來說。蘇奇看看楊西鼓勵、期待的目光，果真就說出來一樣；見楊西搖頭，就又說出來一樣；楊西又搖頭，蘇奇就又說。一樣又一樣的，把母親的習慣、特點、品性以及做過的事情幾乎說了個遍。楊西卻仍是個搖頭。

蘇奇還從沒有與人這樣談論過自己的母親，也還沒人有耐心傾聽自己這樣的談論，待一一地說下來，連自己都感到了吃驚，原來母親是這樣的啊。楊西雖只是個搖頭，蘇奇被自己的說感動著，仍是快樂的，她說：「這也不是，那也不是，莫非你比我還瞭解我的母親麼？」

楊西說：「你說的這些，我自是不知道，但也正由於不知道，感覺才可能更準確。你讓太多的事情遮蔽了感覺，而我沒有任何事情可以遮蔽。」

蘇奇說：「你總感覺、感覺的，不說出來怎麼知道遮蔽不遮蔽的？」

楊西又轉回頭看一眼菜地裡的蘇奇的姨媽，說：「其實，跟你姨媽今天也是第一面，就沒那感覺。那是一種很突然的給人吃一驚的感覺。」

蘇奇搖搖頭，不明白的樣子。

蘇奇和楊西的前面是一條田間的小路，小路上時而有蘇奇熟悉的鄉親走過，蘇奇同他們也就時而地打著招呼。

楊西說：「我就像回到了小時候，小時候我也是在菜地裡度過的。」

蘇奇說：「別打岔，還說你的感覺吧。」

楊西說：「晚上做夢，夢見的淨是菜地的事情。」

蘇奇說：「別打岔，別打岔。」

楊西看看蘇奇的眼睛，說：「你母親的眼睛有一瞬間很亮，就像一個年輕女孩的眼睛；還有聲音，同你的一模一樣，沒有一點蒼老感。」

停了一會兒，蘇奇說：「就這些麼？」

楊西想了想，說：「還有平和，那平和又像已經活過了一百年。」

蘇奇驚異地望著楊西。

楊西說：「真的，我還是頭一回有這種感覺，也可以叫做感動吧。」

蘇奇想，這是個什麼樣的楊西呢？母親又是個什麼樣的母親呢？不知為什麼，蘇奇開始向楊西說起了姨媽和母親在她心裡的對比。她說，母親對她好，姨媽也對她好，目前她雖然喜歡著母親和母親的生活，但她真說不準，哪一天會禁不住另一種生活的誘惑，使她離開母親去走近姨媽。就像中學曾有過的一段戀情，說沒忽然就沒了，那種徹底，想起來自己都搞不明白。她說：「楊西呀楊西，真不知你有什麼魔法，頭回見面就叫人把平常不說的話說出來了；不過這話也不能白說，你一定要有個判斷給我。」

楊西就說：「你還說不準，我怎麼能說得準？要我說，任你自己的意願吧，你願意的，別人擋也擋不住；你不願意的，別人勉強也勉強不得。不過，這一點是能肯定的，按你姨媽說的去做要容易些，因為那是多數人的做法；你母親是個專注於內心的人，外界的事情，包括種菜本身，或許於她都可以是淡然的，唯有內心是屬她自己的，這會太苦、太孤獨，我猜你是做不來的。」

蘇奇說：「就像是你的母親似的了。」

楊西笑笑，忽然說：「也許有一天會是的。」

蘇奇臉紅一紅，心想，你是誰，你的家庭，你的工作，哪哪都還不知呢。

儘管這樣，蘇奇也沒去問，生怕破壞了什麼似的；楊西也不來問蘇奇，只接了剛才「母親」的話題說了又說的，彷彿今天的約會專是來談蘇奇的母親的。

有一刻蘇奇插話道：「母親說話從不肯跟人的目光相對，就像怕羞一樣。」楊西問：「她信基督麼？」蘇奇搖頭說：「有人倒勸她信過，她沒答應。佛她也不信，她從不燒香磕頭。」楊西說：「也許不一定是現成的宗教。有時候，心裡認定的東西比現成的宗教還有力量。」

蘇奇望楊西一會兒，忽然說道：「姨媽曾說，太曉事的人是靠不住的。」

楊西說：「我猜你母親就不會這樣說。你母親會說，你覺得好就好，不好就不好，曉不曉事倒在其次。」

蘇奇便笑了，說：「今兒你把我母親利用得好苦。」

楊西正想說什麼，姨媽捶著腰向他們走過來，邊走邊喊：「你們還有完沒完啊！」

以後的許多天裡，蘇奇便與楊西在一起了。或者在菜地裡做些活計，或者去楊西所在的市區玩耍，兩人是朝朝暮暮，形影不離。楊西在一家報社做著記者的工作，忙起來可以黑夜當白天地幹，不忙的時候也可以一連幾天地不去上班。楊西不上班的日子，便是蘇奇最快樂的日子，他們說啊，玩啊，鬧啊，就像許多熱戀的人兒一樣，是誰也不捨得離開誰了。

他們的熱戀，姨媽自是看在了眼裡，她一邊高興，一邊又有些酸酸的，有一回就問蘇奇：「楊西可是個不隨口吐痰的人？」蘇奇肯定地點了點頭。姨媽說：「我可是見他吐過呢。」蘇奇說：「不是當真吐不吐痰，是一種感覺。」姨媽終於忍不住說：「你們好了，倒把姨媽忘在一邊了。」蘇奇說：「怎麼會？」姨媽說：「我倒沒什麼，你不能把你媽媽也撇在一邊。」蘇奇仍然說：「怎麼會？」姨媽大約看出了蘇奇的心虛，更加得寸進尺道：「對我們你都可以不管不顧的，對你自己可不能不管不顧，跟楊西在一起，你還是當心些才是。」蘇奇說：「當心什麼，他又不是壞人。」姨媽說：「頭回見面就能跟女孩子聊個沒完沒了，至少不是個安分的。」蘇奇就不想再同姨媽說什麼了，她想，「安分」是個什麼詞呢？

蘇奇的母親，仍是一如既往地忙在菜地裡，對蘇奇的時而這裡時而那裡的，也從不多問。這時的蘇奇，也有些顧不得母親了似的，滿腦子都是楊西、楊西的，與楊西在一起的時候想的是楊西，與楊西不在一起的時候想的仍是楊西。母親時而同她說點什麼，她「嗯嗯唔唔」的並不聽在耳朵裡。母親也不怪她，慫恿著她的不管不顧似的。有時從楊西那裡很晚回來，看到母親一個人坐在昏暗下來的院兒裡，目光癡癡地向門口張望著，心裡就不由一陣歉疚，暗下決心，明日一定不再離開母親了。可是第二天，見到楊西的渴望很輕易地就將那決心淹沒了，她只好再次重複起頭天的日子。有一回，蘇奇摟了母親的肩膀問：「你怎麼總也不問？」母親說：「問什麼，你覺得好就是好。」蘇奇便笑了，說：「這話也是楊西代你說過的，他真神了。」蘇奇開始向母親講著楊西，並講著楊西對母親的評價。母親聽完，卻並沒有蘇奇預想的欣喜，她說：「他喜歡你，自然也就連你身邊的菜地和人也喜歡著了。」蘇奇說：「你不覺得他好麼？」母親說：「他像是個喜歡想像、喜歡浪漫的人，這種事是需要浪漫的。」母親說出「浪漫」這個詞，還是讓蘇奇快活起來。她後來對楊西說，這又是母親跟其他種菜人的不同，她會突然在某個時刻生發出異彩，讓人有始料不及的驚喜。楊西卻對母親的這句話表示了敏感，他說：「你母親不是在欣賞浪漫，而是在擔心著什麼。」蘇奇卻不想聽他的，她說：「我喜歡浪漫，也喜歡浪漫的人，這就足夠了。」她記得對母親她也是這樣說的，母親當時好像說：「隨你吧，反正我每天在菜地裡等你。」她先是覺得母親的話有些摸不著頭腦，後斷定母親是用過分的實在錯對著自己的虛無了，她寬容地向母親笑笑，就專心去想她的楊西了。

不過，楊西總有楊西自己的事情，當他忙在報社的時候，或者在他的同事、朋友需要他的時候，蘇奇就只有回到菜地與母親為伴了。在蘇奇的月光裡，每一棵菜、每一棵草上都有一個楊西存在著。她想，楊西忙的是什麼呢？他知不知道她苦苦的思念？若是知道，他該丟下他的一切；若是不知，她的思念又有什麼意義？再見到楊西的時候，她就將這些話告訴他。楊西卻只笑笑，並不說什麼，被蘇奇逼得急了，才說：「我也想你。」蘇奇明知是真的，卻還是說：「我看你是不想。」楊西說：「想是一回事，見又是一回事，有時候想比見或許更要好些。」蘇奇說：「我們才剛剛開始啊。」楊西說：「我知道。」蘇奇說：「我還從來沒這樣地喜歡過一個人呢。」楊西說：「我知道。」蘇奇說：「你知道，你知道，你知道我一直在渴盼一個有教養的男孩的出現麼？」楊西望著蘇奇怔了一會兒，說：「即便真出現了那個男孩，我敢肯定，他也不會處處附和你的意願。」楊西的口氣是堅定的，堅定得讓蘇奇心裡發冷，她想，愛是什麼呢？是更深層的融合，還是更深層的分離？

日子一天天地過去，蘇奇快樂著，同時也增添著愈來愈多的焦慮和憂傷。

母親對菜地的活計似更加專注，總是不管不顧的樣子，總是將蘇奇遠遠地落在後面。蘇奇對母親並不責備，也沒了欣賞，菜地裡只剩了她一個似的。

有一天，母親幹完了所有的活計，來到仍在地邊上發怔的蘇奇身邊。她問蘇奇：「怎麼了？」

聲音很輕，仍將蘇奇嚇了一跳。她看看母親，眼睛裡忽然就溢滿了淚水。

母親挨了蘇奇坐下來，手搭在蘇奇的肩頭，眼睛久久地注視著蘇奇。

在蘇奇的記憶裡，母親還從沒有過這種親暱的毫無羞怯的舉動，這使蘇奇的淚水愈來愈多地流出來。

母親開口說道：「有時候真想幫幫你，可就是不知怎麼幫你。」

母親的聲音有些軟弱，就像個無力的孩子。蘇奇透過淚光，忽然發現母親幾天裡像是蒼老了許多，眼窩深陷，眼圈發黑，頭上似還添了不少的白髮。

蘇奇將頭埋在母親的懷裡，十分痛惜和幸福地哭了一會兒，然後說：「這事其實該您怪我的。」

母親說：「怪你什麼，這種事，誰都要發一發傻的。」

蘇奇長久地躺在母親的懷裡，從母親的懷裡看菜地，菜地顯得廣闊了許多。蘇奇忽然想，比起菜地和母親，楊西算得了什麼呢。

這以後的幾天，蘇奇就專心致志地跟母親忙碌在菜地裡，再沒去找楊西。她知道楊西還是要來的，她也知道楊西來了她還是會喜歡楊西，只是，她的一顆心再沒有了從前的焦慮不安。

有一天，姨媽又來在菜地裡，張口就問蘇奇跟楊西吹了沒有，說若是沒吹就趕快吹，那樣的人太不懂事，為他跑了半天，面也不招，電話也不打，像壓根沒她這介紹人似的。蘇奇不知怎樣跟姨媽去講楊西，她想，指望姨媽為她尋找那個有教養的男孩，真是滑稽的事情；可是，倘若沒有姨媽，不是連楊西這樣的男孩還不相識麼？她覺得姨媽同時又像是為來菜地尋找著理由，她不喜歡菜地，卻又不肯徹底地放棄，不喜歡或許正是她要來的根本理由？

蘇奇看到母親仍是那麼靈活、灑脫地揮舞著鋤頭，她暗自鼓一鼓勁，極想在姨媽面前也顯得靈活、灑脫起來，可是，手臂和鋤頭都不聽她的使喚，反由於急切更顯出了笨拙。她想起她曾對楊西說過，她真說不準，哪一天會禁不住另一種生活的誘惑，離開母親去走近姨媽。她一邊笨拙著一邊想著這些，心裡不由得十分茫然。她想，母親、姨媽，還有楊西，似都有著自己的位置，而唯有她蘇奇在這世界上是孤單的、漂泊不定的。可是，他們果真有自己的位置果真不孤單麼？母親的不管不顧的忙碌，姨媽的不可抑制的跑來跑去，楊西的忽兒這樣、忽兒那樣……，蘇奇不由得心疼了一下，眼睛又一次濕潤起來。

這時，蘇奇忽聽姨媽喊道：「看啊，那不是楊西來了麼！」

姨媽的聲音是歡愉的，由於楊西的出現，使她眼前重現著楊西與蘇奇第一次見面的情景，方才的不快忽然莫名地煙消雲散了。

母親也站起身來，向了姨媽手指的方向看去，臉上是一種慈祥的又單純無比的微笑。

蘇奇望了她們，覺得她們都不單是由於楊西的緣故。

但蘇奇也情不自禁地隨了她們向遠處張望著，竟還伴隨著與楊西初次親暱時的心跳……

一九九七年三月六日

原發表於《長城》一九九七年第三期

《小說選刊》一九九七年第八期選載

收入《中國短篇小說精選》（中國作協創研部編）
《鄉鎮世態小說》（中國作協創研部編）
《中國年度最佳短篇小說》（小說選刊編）

四孩兒和大琴

四孩兒提出的要求讓家人們都吃了一驚。

四孩兒說：「我要搬到大琴家去睡。」

這是個春末夏初的傍晚。村裡瀰漫著溫暖、平和的氣息。

四孩兒卻不管不顧地收拾著被褥。

四孩兒在家人們的眼裡，一向是個安穩、靦腆的女孩。在今天這樣的時代，安穩、靦腆是很叫人放心的，家人們從沒想過四孩兒會有什麼事情發生。村裡發生事情的女孩兒倒是一個接了一個，就如同傳染病似的，病到身上就亂了分寸，有的離家出走，有的服毒自殺，還有的與有婦之夫海誓山盟……。電視劇裡的女孩為她們每日每日地做著榜樣，她們把其中的一個想像成自己，便模仿著那一個的說話、舉動、思想……，新思想可以在幾分鐘裡就形成一個，然後又以這思想做武器對付那等待中的男朋友。男朋友或者感動或者吃驚或者無所措手足，總之，通常都會在這樣的女孩面前敗個落花流水又莫名其妙。

但四孩兒從不與這樣的女孩們在一起，她尊老愛幼，溫順勤快，聰明懂事……，大人們認為好的，在她身上幾乎都可以找得到，她可說是全村公認的好女孩。

可是，她卻忽然要搬到大琴家去睡。

母親摸了四孩兒疊起的被褥，終於開口道：「為什麼？」

四孩兒看看母親，又看看圍了一圈的父親、哥哥、嫂子，說：「我想去。」

母親說：「為什麼？」母親盯了四孩兒的眼睛，不問明白不罷休的樣子。

四孩兒低下頭，說：「又不是多遠的地方，抬腿就到了。」

父親插嘴說：「是她要你去的？」

四孩兒搖搖頭。

母親說：「路是不遠，可心遠。她是什麼樣的人，你怎麼能跟她搞在一起？」

四孩兒說：「沒有搞在一起。」

哥哥、嫂子指了被褥，也說：「千萬別去，人好不好的，著一被子蝨子可怎麼整？」

四孩兒說：「怎麼會。」

嫂子說：「我就見蝨子在她頭上爬過。」

母親說：「不是蝨子，是人，人比蝨子還要髒。女孩家沒有她那樣的，吵架、罵髒話，還跟人動拳頭。跟她去睡，你真是瘋了。」

四孩兒說：「已經跟她說好了。」

對人講信用是母親常對四孩兒進行的教育，四孩兒巴巴地望著母親。

母親卻說：「她自己就從來不講信用，你跟她認什麼真？」

四孩兒在眾目睽睽之下，覺得今天至少這床被褥是不好帶走了。她將被褥重又散在床上，長長地嘆了口氣。

大家以為四孩兒的嘆氣是將此事做了結束，漸漸也就放心地散去了。至於「為什麼」，母親也不再問，只以為四孩兒是一時心血來潮，大家一反對，她也就作罷了，她與大琴終究不是一條路上的人。

母親、父親住在北房，哥哥、嫂子住在東房，四孩兒一人則住在西房裡。許多女孩都羨慕過四孩兒住房的獨立，但四孩兒並不覺得有多好，特別在夜深人靜的時候，她總喜歡想像母親躺在父親懷裡或嫂子躺在哥哥懷裡的情景。這一天夜裡，四孩兒待北房、東房全黑下來後，終於還是悄悄地打開門，一溜小跑著找大琴去了。

大琴家的院子很大，走進院門，先看見的是一棵挨了一棵的高高的白楊樹，風一吹，「嘩啦嘩啦」的，就像走進了一片樹林子。從「樹林子」的深處，才見出幾絲燈光來，四孩兒知道，那便是大琴家的三間住房了。在四孩兒的記憶裡，村裡很有幾戶這樣的人家，院落出奇地大，住房卻小小地隱藏地在院落的樹木之中，就彷彿專事看護樹林子的。後來這樣的人家人口多起來，便刨了樹木，蓋了新房，使院子徹底變了模樣。沒變模樣的，村子裡大約只剩了大琴一家了。

下午在地裡見到大琴的時候，大琴正在她家的菜田裡栽秧子，嫩綠的西紅柿秧子被她一棵一棵地分割開來，打成了小巧玲瓏的豆腐塊。四孩兒被豆腐塊所吸引，從自家的菜地趕到跟前，就不聲不響地看大琴一塊一塊地切割。大琴拿的是一把西瓜刀，亮閃閃的，一刀下去，濕漉漉的土塊就分了家，而土塊上的秧子，依然勃勃地挺立著。

比起大琴，四孩兒是個閒在的女孩。她剛剛從中學畢業，一家人都希望她再複習一年，她自己卻要執意地放棄。但家人們誰也不指望她做什麼，她朝母親要活兒幹，母親總是說：「幹你的事去吧。」她不知她的「事」是什麼，她不想複習母親是知道的，因此這「事」在四孩兒聽來就說得有些含糊其詞，像是關心，更像是不在意：反正有沒有你也一樣，幹你的事去吧。四孩兒不由暗暗感到了傷心和孤寂，但這傷心和孤寂又是沒有道理說出口的，母親和嫂子一天天地在菜田裡忙碌，父親和哥哥則忙在村辦工廠裡，大家都是有事做的，她一個無事做的人還能說什麼呢。

大琴低頭切割秧子，大琴的母親就將秧子拿走去栽，一趟一趟來來去去的，就像大琴手下的跑堂的。大琴還常常地不滿意，大聲喝斥她的母親，說：「輕點，輕點，當是石頭塊子？」說：「笨死了，笨死了，看我來栽幾棵。」大琴就扔了西瓜刀，將一棵秧子放進事先挖好的坑裡，三下兩下就埋了個嚴絲合縫，使那秧子當真從地下長出來的一般。而她母親栽下的幾棵，凸凹不平不說，還有好大的裂縫。大琴的母親站在一旁，小孩子似的看女兒忙來忙去的。大琴卻還不肯饒過，說：「真白活了，現成的活兒都不會幹。」大琴的母親小聲嘟囔了說：「你能，看你栽，看你栽。」大琴立刻抬起頭來，提高了嗓門說：「不看我栽還看你栽？」嚇得大琴母親的目光轉向別處，再也不敢說什麼了。

大琴正是這時注意到了四孩兒的。她臉上立刻換了巴結的笑容，說：「四孩兒，你做什麼來了？」

四孩兒說：「拔拔菜地的草。」四孩兒來菜地之前，的確是問過母親的，母親說：「你實在想去菜地，就拔拔草吧。」其實，那草還沒長起來，可拔可不拔的，真的長起來，手拔又是不濟事的。四孩兒知道母親是搪塞她，但好歹也算一點活計吧，比如眼下大琴問起來，拔草就可作為一個堂而皇之的理由了。

大琴的這種笑容四孩兒是不只一次地看到過了，她奇怪自己這樣個沒用的人，有什麼好讓大琴巴結的，大琴是要說能說，要幹能幹，嘴一份，手一份，年齡還比她大了幾歲；但四孩兒願意看到這樣的笑容，在她熟識不多的人裡，這笑容卑微而又新奇，使她不由得有著難以言說的快感。

大琴不再幹什麼，拉四孩兒坐在田埂上，要專意陪四孩兒似的。

四孩兒說：「我沒事，你忙你的。」

四孩兒坐下又站起來，拍著沾在屁股上的土。

大琴看看四孩兒，忽然將自己的外衣脫下來鋪在地上，說：「坐吧，坐吧。」

大琴身上只剩了一件大紅色秋衣，肥厚的背部和豐滿的胸部在四孩兒眼前晃動著。四孩兒不禁看了看自己的前胸。

大琴拽四孩兒又坐下來，說：「看什麼？看也不會一樣。」說著用手摸摸自己的胸，又摸摸四孩兒的胸，要證實她的「不一樣」似的。

四孩兒從沒跟人這樣親熱過，不由得滿面通紅。

大琴然後將手搭在四孩兒的肩頭，開始向四孩兒述說自己種種的不如意，母親的愚鈍，父親的懶惰，兩個妹妹的無知、討厭，還有像狗窩一樣的住房。她說：「四孩兒你多麼好啊，一投生就是個知書達禮的家庭，爹媽識文斷字，哥嫂也都上過高中，還住著寬房大屋，多麼好啊。」她說：「四孩兒你看見沒有，這就是我娘，不要說識文斷字，連棵秧子也栽不好。看那雙手，就像長在旁人胳膊上的，叫往西偏往東，叫往南偏往北；看那手指頭，擀麵棍似的吧，可是沒力氣，一桶水都提不起來。廢物，廢物你見過嗎？沒見過你就多看看她吧。」

大琴的娘仍在一棵一棵地栽秧子，一雙手真是十分地笨拙，其中的小指和無名指是彎曲的，就像移接上去的。大琴毫無忌諱地數落著她，她面目有些不快，卻也不還嘴，依然如故地動作著，使四孩兒覺得大琴數落的是另一個人。四孩兒輕輕捅了捅大琴，示意大琴娘的存在。她自己都為大琴娘感到了無地自容，她從沒見過這樣的直率和這樣的逆來順受。但大琴反而更大聲說：

「怕什麼？她當娘的還不怕，我怕什麼？」四孩兒就說：「你知她是當娘的就好。」大琴說：「四孩兒你在笑話我是吧？你是站著說話不腰疼啊，我娘要有你娘的一分聰明，我也他媽的不這樣了。」四孩兒為大琴的「他媽的」有些不安，她說：「大琴你小聲點好不好？」

四孩兒還從來沒指責過別人什麼，話一出口，就覺得不是自己的聲音似的，她想，四孩兒你原來還會這樣說話啊。

大琴看看四孩兒漲紅的臉，笑一笑說：「你這種人，跟我們就是不一樣。」大琴倒是將聲音放低了許多，講的卻仍是她自己的那些話語。四孩兒一邊感受著「指責」的快意，一邊靜靜聽著大琴的講。她發現她其實是喜歡大琴的那些話語的，她甚至希望繼續看到大琴對大琴娘的劈頭蓋臉的數落。她之所以指責大琴，也許只是出於不習慣，或者只為了嘗試一下「指責」的感受？她對自己的分析吃驚著，卻又願意放縱自己，就彷彿在一個灰濛濛的世界中發現了幾絲異樣的色彩，使她有了一種捕捉那色彩的欲望。

大琴說，她的娘好歹還可以來地裡做點活計，她的爹就更沒法提了，「那根本就是個無賴，又懶又饞又吹又說話不算話的無賴。」四孩兒說：「別這樣說，他是你爹呢。」大琴說：「爹，他也配！」四孩兒又說：「別這樣。」大琴說：「你就是跟我們不一樣，這樣的話都不敢聽。這算什麼？哪天到我們家去看看，看看就知這話根本不算什麼了。」接著大琴又繼續把「無賴」的話題講了下去，說就比如今兒早晨吧，她一提下地栽秧子，她爹就一出溜鑽到茅房去了，一家人喊都喊不出來。她的娘去茅房裡拽他，還被他罵了個狗血噴頭，說他拉肚子沒人心疼，倒曉得來害他。大琴說她索性就在外面等，看他能在茅房裡蹲上一天？結果他媽的，人家早從牆頭溜出去了，找都沒地兒找去。大琴說：「四孩兒你聽見沒有？這就是我爹，這算個什麼雞巴爹啊。」

大琴講著講著，聲音又大起來。大琴娘顯然聽得清清楚楚，就時而嘻嘻地笑兩聲，彷彿是對大琴的回應。大琴卻不想領情，說：「你還笑？你好歹叫他看上點，他也不能是這樣子。」大琴娘這回可有些不服，說：「這你可不知道，當初是你爹上門來提的親，你娘十七八那會兒，比四孩兒也差不到哪裡。」

大琴「呸」地吐了一口，說：「還跟四孩兒比？你哪哪能跟四孩兒比？」

大琴又用手臂圈了四孩兒的脖頸說：「聽聽，我都不敢跟你比，她可真敢啊。」

四孩兒聞到一股汗酸的氣息，她皺一皺眉頭，將大琴的手臂放了下來。

大琴說：「怎麼了？」

四孩兒說：「我媽看見會不高興的。」

大琴說：「不高興我？」

四孩兒說：「不高興摟摟抱抱的樣子。」

大琴說：「你媽又不在這兒。」

看四孩兒不吱聲，大琴又將手臂伸過來，嘴裡說：「我要把你當個親妹妹看，你不會不高興吧？」

四孩兒心頭不由得一熱，就沒再去動大琴的手臂。

大琴又說：「一見到家裡人我就煩得要死，那兩個妹妹，有時候恨不能掐死她們。你要肯跟我好，我就算真的有個親妹妹了。」

四孩兒聞著汗酸的氣息，聽著「掐死」的字眼，不知為什麼感受到一種模糊的力量，這力量讓她擋也擋不住，她就對著大琴點了點頭。

大琴自是高興異常，說：「既然是親妹妹，就不能東一個、西一個地見不著面，這樣吧，今兒晚上我就搬到你那裡去住，行不行？」

四孩兒看著大琴肥厚的身軀，怔了半晌，說：「我媽怕是不答應的。」

大琴說：「又是你媽，不是你一人兒住一屋嗎？」

看四孩兒為難的樣子，大琴又說：「你家五口人七間房，我家五口人才三間房。」

四孩兒沉了一會兒，忽然說道：「其實，你家是一口人，我家是四口人，你家比我家還要寬敞。」

四孩兒一副鄭重的樣子，說得大琴有些犯糊塗，說：「我家怎麼是一口人？」

四孩兒說：「你家是你一人兒說了算，我家是沒一個聽我的，我在他們眼裡從沒算過數。」

大琴便笑了，說：「還是你聰明，一句話就把兩家的事點破了。這樣吧，你要不嫌棄，就搬到我家裡來？」

四孩兒說：「一定要搬麼？」

大琴說：「不在一起，我會想死你的。」

四孩兒回想一下自己無數個孤獨的夜晚，終於不能抗拒大琴的熱情和看重，認真地點了頭。

她倆坐在一起商定著事情，大琴娘便在她倆不遠的地方栽秧子。四孩兒先還時而地望她一眼，後來就漸漸地淡忘了，彷彿菜地裡只剩了她和大琴兩個人。

四孩兒一邁進大琴家的房門就後悔了。

穿行在「樹林子」的時候，四孩兒望了深處透出的亮光，還存留著幾絲浪漫的想像：被樹林子包圍著的低矮的土坯房裡，一家五口人正圍坐在木製的餐桌前吃著晚飯。椅子也是木製的，粗笨卻散發著古老的氣息。吃飯的人默默的，唯有大琴不停口地數落著什麼。當四孩兒忽然出現在他們面前的時候，他們都不由得驚呆了，盛氣凌人的大琴遲疑了一下，立刻換上了巴結的笑容……

事實上，四孩兒走近大琴家的房屋的時候，發現房屋的周圍光禿禿的，並沒有「樹林子」深處的感覺，反而與剛才走過的「樹林子」不相干似的。四孩兒先就有些兒失望，待一腳踏進門去，失望的情緒就更增了幾分：哪裡有什麼餐桌啊，一桌人圍著的，只是一塊搭在紙盒子上的紙板。紙板很小，只放得下一口炒菜鍋，那炒菜鍋黑漆漆的，菜也黑漆漆的，你夾一口、我夾一口的，使那紙板下的紙盒子搖搖晃晃的；而吃飯的人是蹲著的，一手端了碗，一手拿了筷子，饅頭則夾在碗下的手掌心裡。那最小的一個，大約是大琴的小妹，才四五歲，拿碗的手不能拿饅頭，只好將饅頭放在拿筷子的手裡，待要夾菜時，還須放下飯碗，將饅頭倒在空出來的手裡。而那飯碗放的是什麼地方啊，凸凹不平的土地，地上還粘了一口一口吐出來的汙穢⋯⋯

唯有大琴坐了一隻板凳，那板凳因只剩了三條腿被放倒在地上，大琴坐著的其實只是板凳的邊緣。

四孩兒發現屋裡還有幾隻板凳，卻被用來放著糧袋、衣物什麼的，桌子也不是沒有，只是翻倒在地，四條腿朝上，桌腿之間扔了枕頭和酒瓶子，像是剛剛發生過一場惡戰。四壁也是黑漆漆的，顯得燈光都暗了許多，一隻隻的碗升騰著熱氣，使本就幽暗的屋子更添了幾分模糊。

四孩兒站了一會兒，竟沒有一個發現她的到來。

一家人都狼吞虎嚥的樣子，兩腮填得滿滿的，眼睛睜得好大，筷子不住地碰撞著，「吧達吧達」的咀嚼聲響亮在屋裡屋外。四孩兒有些吃驚地想，簡直就是一場戰鬥啊。

這時，大琴爹忽然站起來，踢了大琴娘一腳，轉身給了大琴娘一個後背。大琴娘就說：「誰還沒放過屁，我放的好歹沒聲，你放起來就像放二踢腳，要把房頂崩個窟窿呢。」兩個小的便笑起來，有一個還笑噴了飯，飯渣子眼見得濺到炒菜鍋裡去了。兩個老的也笑起來，一時間，笑聲代替了咀嚼聲，緊張的氣氛立時鬆弛了許多。

但笑聲並沒能持續多久，因為大琴沒笑。大琴的沒笑大家顯然都感覺到了。大琴娘和大琴爹看看大琴，先止住了笑；兩個小的也看看大琴，止了一刻，忽然又爆發出來，笑得反而愈發地厲害了。

大琴娘便有些慌，喝斥兩個小的：「快吃，快吃！別笑了，別笑了！」大琴爹像是要躲什麼，夾了些菜在碗裡，轉身到炕邊上吃去了。

兩個小的卻像洪水開了閘門，愈笑愈猛，愈笑愈不能止住了，碗裡的飯灑了一地，筷頭上的菜夾不到嘴裡，饅頭扔得這裡一塊、那裡一塊的。到後來，索性碗也不端著了，筷子也不拿著了，一併扔在地上，兩手捂了肚子，前仰後合專心致志地笑起來。

四孩兒驚愕地望著她們，不明白那樣一句俗話何以引得她們笑了又笑的。她依稀想起她小時候似也這樣笑過的，開始還為了點什麼，愈笑就愈是為笑而笑了，雖有些傻，卻異常地快樂。她想她們想必也是這樣的笑了，只是又吃又噴的，骯髒了些。這樣想著，忍不住同她們一樣露出了笑容來。

四孩兒卻沒有想到，這時的大琴也爆發了一股力量出來。就見大琴「啪」地將手裡的碗摔在地上，一手揪起一個妹子，猛然就朝牆上撞去；大的有些力氣，拚命掙扎幾下逃脫了，剩了個小的，大琴便將所有的憤怒給了她：搧她的耳光，踹她的屁股，還掐她的脖子……。四孩兒看那女孩聲音都叫不出來了，而大琴還在掐下去，她恐懼地想，她真的是要將她掐死了。四孩兒沒有再猶豫，一步上前抓住了大琴的胳膊。

大琴鬆開手的時候，那女孩哭都忘了，只剩了大口地喘氣。

大琴說：「要不是你來，我就把她掐死了。」

大琴娘和大琴爹看看四孩兒，並沒有四孩兒想像的情景，他們依然「吧達、吧達」地吃自己的飯。

大琴說：「看見了吧，這家裡，都該一個一個地掐死。」

四孩兒看大琴的兩手哆嗦著，說：「為什麼？你這是為什麼呢？」

大琴說：「傻，傻呀，媽的傻在世上，還不如死了算了。」

四孩兒看看摔碎的碗，說：「你先吃飯吧，我改天再來。」

大琴一把拉了四孩兒說：「你別走，咱們不是說好了麼？」

大琴又把另一隻手伸過來，說：「你摸摸，冰涼、冰涼的，就像死人的手。」

四孩兒摸一摸，有些害怕地說：「我媽不讓，我是特來說一聲的。」

大琴說：「既然來了，她還把你抬回去不成？好妹妹，你不能把我一人兒丟在這裡。」大琴的臉變得柔和了許多，一柔和起來就有了巴結的味道。

四孩兒驚奇道：「這是你自己的家呀。」

大琴說：「不，是他們的，你走了，他們就興許把我害死。」

四孩兒覺得頭髮都要豎起來了，說：「怎麼會？」

大琴說：「怎麼不會，他們表面上裝得怕我，其實我知道他們有多恨我。」

四孩兒看看屋裡的幾個人，他們也正在注視著她和大琴，但她看不出那目光是怕還是恨。

四孩兒說：「不行，我還是得走。」

大琴說：「你要不信，就問問他們，他們早害過我多少回了，可我命大，又活過來了。」

屋裡的幾個人漠然注視著四孩兒和大琴，好像大琴說的是別人的事，又好像大琴說的是真話。

大琴說：「他們就是這樣沒良心，吃我的，喝我的，還他媽的要害我。」

這時，大琴的爹媽像是忍不住地說：「那叫害麼？那叫小孩子不懂事，那叫害麼？」

大琴立刻吼起來：「老不死的，還有臉說？往碗裡放死老鼠不是害是什麼？往褲子裡放蠍子、蚰蜒不是害是什麼？你說，你倒說呀！」

大琴的爹想再說點什麼，終於沒說，低了頭溜出屋去了。

大琴的娘看看大琴，有些討好地開始收拾碗筷。大妹不知跑到哪裡去了，只剩了那小的，靠了牆根，一聲接一聲地抽噎著。

大琴不再理他們，領四孩兒來在自己的房間裡。

四孩兒眼前立時明亮了許多。

房間的牆壁、房頂都是用花紙糊過的，地面也是花色的地板革，床、櫃、桌、椅樣樣齊全，尤是那椅子，竟是一把黑皮子的轉椅。這轉椅四孩兒家也才剛剛有一把，還是在父親的房間裡，四孩兒從沒坐過。

四孩兒上去轉了一轉，說：「大琴你可以呀。」

大琴笑了說：「可以什麼，比你們家差遠了。」轉椅前面的桌上還有一臺二十吋的彩電，四孩兒伸手按了一下，只有滿目的雪花，沒有聲音，也沒有圖像。

大琴說：「早給他們鼓搗壞了，多好的東西到他們手裡就毀了。」

四孩兒望著電視，不明白他們是怎麼「鼓搗」壞的，他們至少該是喜歡看的吧。

大琴說：「我在的時候他們跟我打，我不在的時候他們互相打，誰都想看自己愛看的，爭不下了就關電視，有時候還抱了電視機跑，一跑一追的，追上了就打，一打起來，有多少電視機也完了。」

四孩兒想到自己家裡的電視從來沒屬過自己，她若想看什麼，他們總是一齊反對她，說：「那有什麼看頭。」她心裡惱恨著，卻又想不出惱恨的辦法，只能鑽進自己的房裡去看書。她可從沒想過打架的事情，就是打，哪個又肯跟她打呢。

大琴說：「你要早來幾天，就能看見我為這個家花的心血了。剛才吃飯的那屋，跟我這兒原來是一樣的，房頂、四周也都是紙糊過的，地面也鋪了地板革，彩電也放在那屋。可他們天生是窮命、賤命，電視機敲搗壞了不算，還一條一條地撕牆上的紙，地板革也被兩個小妮子用磚頭砸得一個坑一個坑的。」

四孩兒說：「為什麼呢？」

大琴說：「不懂了吧，你這樣的人怎麼會懂。據我觀察，這世上無非是兩種人，一種是努力往好裡做，一種是使勁往壞裡糟，我們家除了我，大約都屬往壞裡糟的人。」

四孩兒想想自己家裡的人，似乎沒有一個可以算作往壞裡糟的，但明明又是兩種對立的人存在著，就說：「要我看，一種是過於自信的人，一種是被過於自信的人冷落的人。」

大琴看看四孩兒，說：「其實是一樣，只不過你說出來斯文些。」

四孩兒不知為什麼心痛了一下，說：「怎麼會一樣？你說，怎麼會一樣？」

大琴說：「因為按你的說法，我既是個自信的人，又是個被冷落的人，在家裡自信，在外面被冷落。自信的時候就總想往好裡做，受冷落的時候就總想往壞裡糟。不過也只是想想，從來沒有像他們一樣真的糟過，反還媽的朝冷落我的人陪笑臉。」

四孩兒說：「也包括我麼？」

大琴說：「你也算一個吧。不過你跟我一樣，也是個自信又受冷落的人，不一樣的是你在外面兒自信，在家裡受冷落，所以一向你陪笑臉，你立馬就不冷落我了。你巴望笑臉，太巴望了，對不對？」

四孩兒望著大琴，心想，也就是大琴吧，哪個會這麼露骨地說話呢。她努力對著大琴的目光，努力不使自己怯懦，她說：「對個屁。你是你，我是我，我的事，你一輩子也猜不透。」

大琴怔一怔，忽然笑起來，說：「四孩兒呀四孩兒，原來你也會講粗話啊。」

這可是四孩兒有生以來的第一句粗話了，羞澀和興奮同時燒紅了她的臉，她想，天啊，那話真是從她嘴裡說出來的？

由於「粗話」，兩人似將剛才的爭論忘記了。大琴問四孩兒喝水不喝，四孩兒說不喝，大琴說有好茶葉，四孩兒說：「你這兒能有什麼好茶葉？」大琴說：「小看人了不是？三十塊錢一兩的，金針茉莉。」四孩兒說：「那就喝吧。」其實四孩兒也不懂什麼金針茉莉，但大琴那一張巴結的臉明明以為她是懂的，她這時不能讓大琴有一點小看。後來，大琴這杯茶還是白沏了——四孩兒看見茶杯外面有幾點黑色的汙垢，就一口也沒肯喝；大琴自己不喜歡喝茶，又不肯給她的父母喝，就只有潑在了地上。四孩兒問大琴：「不喜歡為什麼還要買？」大琴望著潑掉的茶葉，有些賭氣地說：「你們有的我也要有。」接著大琴就讓四孩兒看她的化妝品，潤膚的、增白的、描眉的、塗唇的……，大大小小的瓶子、盒子擺了一桌子。大琴說：「你住在這兒，可以隨便用。」四孩兒細細看了幾樣，發覺比自己用的還要好些，就問：「咋沒見你用過？」大琴說：「咋沒見過，天天用呢。」四孩兒就不再說什麼，心裡卻知是觸到大琴的痛處了。大琴或許是不會用，或許是不捨得用，反正一定是沒用過的了。果然，一會兒大琴就軟軟地說道：「用也是瞎用，趕明兒早起你好好用一回，也好跟你學學。」四孩兒答應著，說：「該倒水洗臉洗腳了。」大琴驚喜道：「現在就化啊。」四孩兒說：「化什麼？」大琴說：「化妝啊。」四孩兒說：「誰說現在就化的？」大琴說：「那你洗臉洗腳做什麼？」四孩兒說：「睡覺啊。」大琴說：「你們這種人就是囉嗦。」待弄了水來，四孩兒洗完，要大琴也洗洗，大琴說不用。四孩兒說：「什麼叫不用？必須洗。」大琴就只好洗了，邊洗邊說：「只洗頭腳管屁用，裡頭比外頭還髒呢。」四孩兒聽著就不由得有些噁心，想起嫂子說的「有蝨子」的話，就問：「不會有蝨子吧？」大琴不以為然道：「蝨子算什麼？誰家還沒個把蝨子？」四孩兒騰地站起身來，扭身就向外走。大琴兩腳泡在臉盆裡，急扯白臉地喊：「怎麼了？你怎麼了你？」

大琴的房間與剛才吃飯的房間是通著的，出去必要經過那房間。四孩兒一腳邁出去，就發現外間炕上白花花的一團，忍不住看一眼，立時血就湧到了臉上，她心裡罵道：「幹這種事，燈還亮著，什麼人家啊。」

四孩兒深一腳、淺一腳地向外走，大琴就光了腳丫子趕上來，好容易拽了四孩兒停下來，說：「看把你嚇的，開個玩笑就當真了？哪裡有什麼蝨子！你回去屋裡、屋外地找找，找出一個來，我就再也不攔你。」四孩兒想，看她說得多麼斬釘截鐵，她一定知道我是不識蝨子那種東西的。四孩兒就仍不答言，掙脫了還走。

大琴在後面追著，有一刻磚頭硌了腳丫子，就坐下「哎喲、哎喲」地叫起來。四孩兒本不想理她，聽她叫得一聲比一聲慘，只好又向回返。走到近前，沒想到大琴猛地跳起來，一把抱了四孩兒說：「你別走，咱們說好了的，你不能走。」

四孩兒拚命做著掙扎。在這黑黢黢的「樹林」子裡，她忽然有些想哭。

大琴大約從四孩兒的掙扎中覺出了她的堅決，漸漸地將手鬆開，反倒先「嗚嗚」地哭了。

四孩兒的淚花在眼圈裡旋轉著，伸出手狠狠推搡她說：「哭什麼？你哭什麼呀你！」

四孩兒就像推搡個孩子一樣推搡著肥胖、高大的大琴，她從沒推搡過任何人，這突然而又陌生的舉動讓她興奮著，也讓她無法言說地悲慟著。

過了一會兒，兩人停下來，不再做什麼，累極了似的。

四孩兒終於要轉身的一瞬，大琴忽然問道：「你還來不來？」

四孩兒搖了搖頭。

大琴說不準是來還是不來，索性說：「明兒晚我到你家去，行不行？」

四孩兒說：「不行。」

停了會兒，大琴忽然說：「那種事，你剛才看見了？他們從來都那樣。」

四孩兒說：「別說了。」

大琴說：「糊了報紙，鋪了地板革，用我辛辛苦苦賣菜的錢買了彩電，他們還那樣，誰也休想改變他們。包括兩個妮子。」
四孩兒說：「別說了。」
大琴說：「我是說，我改變不了他們，至少該改變改變我自己。」
四孩兒沒有吱聲。
大琴又說：「可是你要幫我，你要答應我到你家去才行。」
黑暗中，大琴緊緊抓住了四孩兒，抓得四孩兒膀子都疼了。
彷彿為擺脫疼痛，四孩兒終於說道：「好吧，我回去爭取爭取吧。」
四孩兒到底也沒向家裡人提出大琴要來的事情。她深知自己說話的分量，或者沒人在意，或者一致反對。她想她自己的位置還不知在哪裡，又怎樣為大琴那樣的人爭取呢。
這一天，四孩兒沒有再到菜地裡去，躲在家裡看一會兒書，聽一會兒音樂，又到院子裡曬一曬太陽。她覺得自己彷彿在怕著大琴了，可是，大琴那樣的人，又有什麼可怕的呢？
四孩兒沒有想到，吃過晚飯，大琴竟直的來了。
大琴一手夾了鋪蓋，一手提了網兜，就像個來打工的民工。
這樣子先讓在院兒裡洗衣服的嫂子看見了，嫂子就盯了大琴問：「你這是做什麼？」大琴說：「找四孩兒。」嫂子說：「找四孩兒還用得著帶鋪蓋？」大琴就說要跟四孩兒一起住。嫂子說：「咋沒聽四孩兒提起過？」大琴說：「不信你問四孩兒，昨晚跟四孩兒說好了的。」嫂子不再說什麼，轉身就去了北房。

聽到大琴的說話聲，四孩兒心裡一沉，急匆匆趕出來，劈頭就問大琴：「誰讓你來的？」

大琴說：「不是昨晚說好了的？」

四孩兒氣道：「哪個跟你說好了？我說爭取，還沒爭取成，你就等不得了？」

大琴說：「反正我在家也待不成了，昨晚她們趁我跟你說話的工夫，弄了我一被子的屎。」

四孩兒皺皺眉頭，去看她手裡的被子。

大琴說：「不是這條，這是條新被。來你家還能拿那被子？」

四孩兒正不知如何是好，就見母親和嫂子從北房裡走出來。

母親和嫂子那威嚴的樣子，四孩兒便知是衝大琴來的了。她們總是這樣，不在意歸不在意，一旦在意起來，是很要些氣勢的，人還沒到跟前，氣氛就先緊張得叫人受不了了。

四孩兒看大琴也有些怕，目光怯怯的，一會兒看看她，一會兒又看看母親和嫂子的。

四孩兒說：「都是你，這事兒鬧的。」

大琴說：「其實全在你了，你堅決點，她們敢把你咋樣？」

四孩兒望望大琴，奇怪她這時候還顧得上出主意。

母親走到跟前，看也不看大琴，只盯了四孩兒問：「怎麼回事？」

四孩兒說：「沒什麼，大琴來這裡住的事。」

母親說：「還『沒什麼』，這樣大的事也不跟家裡說一聲。」

四孩兒說：「她住我屋裡。」

母親說：「住你屋裡也是住咱家裡，以為你的屋就是你自己的了？」

四孩兒說：「她在家實在沒法住下去了。」

母親說：「她沒法住想她的辦法，咱家又不是收容所。」

四孩兒說：「她待我好，我不能對不起她。」

母親說：「她待你好，你用別的辦法回報她，在這裡住可不行。」

四孩兒說：「媽，你不能這樣對她。」

母親說：「我該怎樣對她？她這樣的人，供她住還會要求你供她吃，供她吃還會要求你供她穿，她會沒完沒了的。」

四孩兒說：「不是這樣，她不是這樣。」

四孩兒有些絕望地爭辯著，她想，大琴一定是不能住下的了。

四孩兒的嫂子已經打開院門，做出請大琴出去的姿態了。

四孩兒的父親和哥哥也從屋裡走出來，有替自己的夫人助威的意思。

四孩兒的母親更是一種眾星捧月、勝利在望的樣子，她不再說話，有些得意地沉默著，專心在等待大琴的離開。

這讓四孩兒忽然想起昨晚他們將她團團包圍的情景，她想，他們哪裡是衝大琴，他們是在衝她四孩兒啊。她想現在不是她要為大琴無力地爭辯，而是她要同大琴攜起手來進行反抗，反抗他們的盛氣凌人啊。

於是，四孩兒看看母親，看看母親旁邊的人，態度突然間強硬起來。她說：「這是我住的房子，我想請誰來就請誰來，跟你們有什麼關係？」她說：「大琴怎麼了？她跟我一樣就是想找個伴兒，找個伴兒有什麼可指責的？你們不也都有個伴兒麼？」她說：「你們平時誇我好，不是關心我、對我好，是因為我守你們的規矩。這回露餡兒了吧？壞了你們的規矩，你們就都不能容忍了，你們對我就比對誰都壞了。」

大家都怔怔地望著四孩兒，被四孩兒這番話嚇壞了似的。四孩兒的母親說：「四孩兒你說什麼啊？不讓你跟大琴在一起，正是對你的關心啊。」大家也隨了說：「是啊，是啊，四孩兒你不能不知好歹啊。」

這時的大琴，已是將鋪蓋放在四孩兒家的水泥地上，一屁股坐了上去。她雖是害怕著四孩兒的家人們，卻也絕不想走。她想，既然進來了，就不能輕易地退出去。她的目光是怯怯的，行動卻習慣地放肆著。

四孩兒說了一番話出來，心裡痛快了許多，也不想再聽家人們說什麼，也顧不得大琴在做什麼，只一味沉浸在自己的興奮裡。

母親大約看出了四孩兒的不可改變，就指點了四孩兒說：「四孩兒呀四孩兒，你想留她就留她吧，早晚有你後悔的一天。」

母親的這句話似乎作為了這件事情的結束，大家最後地望四孩兒和大琴一眼，就分別進自己的房間去了。

剩了四孩兒和大琴兩人，在黯淡的夜光裡，一個站了，一個坐了，竟是有幾分形隻影單的。四孩兒搞不清這結局是勝利還是失敗，她的勝利感只是在那番話說出口的一瞬，一旦母親宣布了事情的結果，快樂不知為什麼反而剩不下什麼了。

這時，四孩兒才注意到了坐在鋪蓋上的大琴。她想，大琴多麼行啊，換了她四孩兒，早背了鋪蓋跑出去了。

四孩兒明白，經過了這場爭戰，大琴是不留也須留下了。她替大琴拎起網兜，說聲「來吧」，就帶大琴向自己的房間走。大琴隨在後面，說：「咋樣，還是我的主意對吧？」四孩兒說：「什麼主意？」大琴說：「你忘了，開頭講給你的？」四孩兒說：「沒見過你這樣的，臉皮勝過城牆厚。」大琴就沒再吱聲。四孩兒以為話說得重了，到了屋裡，拉開了燈，發現大琴哪裡有一絲的羞澀，摸摸這裡、捅捅那裡的，看哪哪都比自己的家裡好，那眉飛色舞的樣子，像是早把剛才的一切忘掉了。

大琴用手抹了白白的牆壁說：「多麼光溜啊，還不掉色，比紙糊的強多了。」又將寫字臺的幾個抽屜拉了關、關了拉的，說：「真好看的桌子。」其中一個抽屜裡有條珍珠項鍊，大琴就在脖子裡戴了戴，問四孩兒：「是買的還是男朋友送的？」見四孩兒不理她，又指了牆上的一幅風景畫說：「幹麼不掛張明星畫？趕明兒我給你拿一張來。」

四孩兒望著她，心裡是不屑的，卻又因為她的存在而生著得意。她想，就叫她開開眼吧。她明白她的房間其實普通得很，或許正由於普通，才少有這種被欣賞、羨慕的機會。

然後，四孩兒開始指使大琴說：「打開你的鋪蓋吧。」

大琴順從地將鋪蓋打開，被褥果然都是新做的。

四孩兒說：「放到沙發上去。」

大琴就順從地放到沙發上去。

四孩兒說：「打水洗臉洗腳吧。」

大琴就拿起臉盆出去打水。

大琴洗著腳，四孩兒望了她黑黑的卻少有光澤的頭髮，忽然生出一種欲望，也不吱聲，一步就走到大琴跟前，猛然翻起了她的頭髮。

大琴腳在臉盆裡，動也動不得，只慌張地問：「做什麼？你要做什麼啊？」

四孩兒說：「嚷什麼？看你頭上有沒有蝨子。」

四孩兒努力使自己的口氣有一種羞辱的味道。在大琴不能反抗時羞辱她，四孩兒自覺有些兒卑鄙，但她不由自主地行動著。

這一天晚上，大琴就在四孩兒房間裡的沙發上睡下了。睡前四孩兒對大琴說：「你要覺得委屈，我就去睡沙發。」大琴急忙搖頭說：「沒有委屈。」四孩兒說：「你來前跟家裡說了沒有？」大琴說：「沒有。」四孩兒說：「應該跟他們說一聲。」大琴狠狠呸了一口，說：「他們也配！」四孩兒發現大琴的臉上自信而又堅決，心裡忽然有些不舒服，她想，在她四孩兒的家裡，她自信的是什麼呢。

大琴睡前一定要脫個溜光，四孩兒羞辱她她也不在意，還光了身子在屋裡來來去去走了兩趟。四孩兒驚奇地發現，大琴的身體飽滿而光滑，除了稍顯黑外，自己竟是哪哪都不能比的。大琴就那樣光了身子站在四孩兒的面前，看了四孩兒耷拉下來的眼皮說：「害什麼臊？我又不是男的。男的我也不怕，我爹那個老東西我就見過。」四孩兒的目光恰好停在那兩腿之間，那黑黑的一片忽然使她有些噁心，她猛地推一把大琴說：「滾開，滾開，滾到你的沙發上去。」

大琴一邊往被窩裡鑽一邊委屈地說：「今兒還是洗了澡來的，可算是到你家來了，你就這樣待我？」

四孩兒關了燈，合衣躺在床上，一一想著這兩天的事情。想來想去的，無非是個「煩」字，似還不若從前的平淡、孤單了。這時她又聽大琴說：「明兒早飯咋辦？」四孩兒說：「什麼早飯？」大琴說：「在你家吃還是回我家？」四孩兒說：「當然回你家，他們讓你住這兒就不錯了。」大琴就沒再吱聲了。

第二天早晨，四孩兒睜開眼睛，發現沙發上的大琴早沒了，只有被子團在沙發上，一雙膠底鞋扔在沙發下面。四孩兒低頭一看，自己的拖鞋倒不見了，四孩兒猜想是被那大琴穿了去廁所了。等了一會兒，不見大琴回來，卻聽見外面有「刷刷」的掃地聲。四孩兒拉開窗簾看去，竟果真是穿了拖鞋的大琴正抱了掃帚一下一下地掃院子。

四孩兒隔窗往哥嫂房裡看，發現哥嫂也正趴了窗口望外面的大琴；又看母親那邊，見母親早已站在房門外觀看著大琴了。四孩兒不由得替大琴又羞又惱，想這大琴在家裡是多麼地氣盛驕橫，來這裡卻如此地低三下四輕賤自己，連她四孩兒都在趁機利用著她的輕賤了。

想是這樣想，四孩兒卻做不出一絲的行動，大琴已在被大家注目，她不想同大琴一起再次被成為眾矢之的。她猜想家人們因此更會小視大琴，大琴試圖以此討好她的家庭真是愚蠢到家了。

大琴大約覺察到了母親的注視，抬起頭來，竟是朝母親傻笑了一下。母親並沒回她一笑，她也不在意，臉上依然帶了笑容，「刷刷」地揮舞著掃帚。

院子掃完還不肯罷休，大琴又開始用三輪車向外倒運院牆下的一堆碎磚爛瓦。四孩兒記得那還是去年砌院牆時堆下的，母親一直在催促哥嫂清理出去，哥嫂也一直答應著，只是總也沒顧上。四孩兒覺得哥嫂是在故意留給她四孩兒幹，彷彿她四孩兒只配做做這種事情；而四孩兒也就故意地視而不見，任憑母親抱怨了一次又一次的。可是，大琴卻在替他們做著這件事情了，你看她一鍬又一鍬的，「咣啷、咣啷」不停地響，一整個院子全讓她弄出的聲音占滿了。她似還嫌不夠，嘴裡還哼了曲子，是「妹妹我坐船頭，哥哥在前面走」，哼得沒味沒調的，卻只管哼，從頭哼到尾，又返回來從頭哼，手上沒完沒了的，嘴上也沒完沒了的。

這堆碎磚爛瓦整整倒運了三車，到第三車時四孩兒跑出來要幫大琴，大琴卻把四孩兒推在一邊，堅持自己運完了。看了大琴汗淋淋的臉，四孩兒說：「你這又何必，為一頓早飯？」大琴說：「誰為早飯啦？」四孩兒說：「那你為什麼？」大琴看看北房門口站著的四孩兒的母親，又看看東房趴在窗口的四孩兒的哥嫂，四孩兒的父親彷彿也正在推門走出來。大琴就忽然大了聲音說：「我喜歡，喜歡你們家的人，喜歡給你們家幹活兒。」

大琴的話一家人是全聽見了，包括四孩兒，全都有些怔怔的，面對一個宣布「喜歡」他們的人，他們還能再對她不友好麼？

結果是大琴被留下來，與四孩兒一家人吃了早飯。

早飯十分地簡單，饅頭、雞蛋、玉米粥，還有兩盤白亮亮的土豆絲和綠瑩瑩的黃瓜條。但這簡單的飯菜讓大琴吃起來，竟是樣樣不簡單的：饅頭又小又白，正中一個豔麗得叫人心動的紅點，拿在手裡簡直都不知從哪裡咬的；雞蛋是切開來的，黃是黃，白是白，花瓣似的擺在盤子裡，漸漸被人們一瓣一瓣地夾去，也是叫人有些心疼的；玉米粥裡放了白糖、豆瓣、核桃仁什麼的，又甜又香，喝下一碗還想喝第二碗；土豆絲和黃瓜條則一甜一鹹，一白一綠，要味有味，要色有色，雖是家常菜，在這裡卻格外地有些高雅氣的。

大琴開始吃得還算斯文，大家不講話，她也不好講什麼，只學了四孩兒的樣子，無聲無息地喝粥，一小口、一小口地夾菜，饅頭也要先掰下（北方方言，指一半），只拿了另半拉，吃完了才可以再拿。不像她自己家裡從來是一整個饅頭舉在手裡，且那饅頭比這小饅頭還大出四五倍。漸漸地，四孩兒的父親說了句什麼，大家就也你一句、我一句地說起來，無非是理家過日子的事情，但在大琴聽來，句句都是有道理在其中的，一人一條道理地合起來，就像開了一個會議。但發言的人總是四個人，唯有四孩兒一句話不說，眼睛盯了飯菜，彷彿心思全在吃上了；卻又吃不多，半天那半拉饅頭才下去幾口。有時候母親問一句：「四孩兒你說呢？」四孩兒就說：「我說什麼？我不知道。」母親大概以為她真不知道，就不再問。這時，大琴倒是盼四孩兒說點什麼，以找到自己搭話的機會。她便悄悄問四孩兒：「你怎麼不說話？」四孩兒卻不理她，沒她這個人似的；而其他人只顧說啊說的，不要說她，連四孩兒也叫他們給忘了。大琴要給人家盛飯，人家就將碗遞給她，繼續著說，看也不看她一眼。好歹他們聊起來，對她就不那麼注意了，她可以寬鬆、自由得多了，喝粥的聲音能夠放大，菜可以夾得多一些，饅頭咬起來也可以塞滿腮幫子了。

可是大琴沒有想到，四孩兒的母親一直在注意著她，有一刻四孩兒的母親猛不丁像問四孩兒一樣問她：「大琴，你說呢？」

大琴還有一口饅頭在嘴裡，匆忙嚥下去，卻連問的問題也嚥沒了，只好反問：「說什麼？」

大家便笑，誰也不指望她說什麼，就為看她的傻樣子似的。

大琴恍惚記得大家是在談菜價的事情，就看了四孩兒的母親說：「嬸嬸，往後再有菜賣，交給我好了，百八十斤的我捎帶著就賣了。」她知道她的答話與剛才的話題無關，剛才的話題是寬泛、虛無的，說的是菜價，農民的、中國的命運似乎都扯上了；而再寬泛、虛無，四孩兒的母親和嫂子也要種菜、賣菜，她們對具體的好處的需要大琴是更知道的。

果然，嫂子的臉上先有了柔和的光澤，她問道：「大琴你家的菜還賣不完，怎麼來幫我們呢？」

其他人都停止了說話，一齊向大琴望著。大琴心裡便有些得意，想這些傲慢的人們，原來也是不難攻破的啊。她便不肯放過這機會，向大家講述起自己賣菜的故事。一樁又一樁的，無非是她怎樣聰明地對待那些城裡人的事情。她說：「城裡人看起來精明，其實特傻。你張口叫他們一聲『大姐、大哥』，他們就先減了三分警惕了；你若說你不是菜販子，是種菜的，錢多錢少看著給吧，他們就興恨不得多給錢少要菜了。這時候你就一邊誇自己的菜好，一邊狠狠地短斤少兩，保證就是神不知鬼不覺的了。」她說：「當然也有不傻的。你叫他一百聲『大哥、大姐』他看也不看你一眼；你說你不是菜販子，是種菜的，他只搖頭不說話；你若想在斤兩上做手腳，可算撞在槍口上了，他一抓一個準，搬了你的秤桿子不算，還要帶你找工商的。這種人啊，你想巴結都巴結不上，他就一天買你十八回菜，也不會記住你的模樣。不過我也不在城裡住，巴結他們做什麼？賣完菜就走人，也就個把鐘頭的事，像那一待一天的人，那才叫傻呢。」

明知大琴的講雲山霧罩的，大家也饒有興致地聽著，他們這樣的家庭，哪裡有過大琴這樣的講啊。四孩兒的母親和嫂子雖也賣菜，但從沒去過城裡的菜市場，只在菜地就把菜賣掉了，菜販子將那菜價壓的，總是讓她們又心疼又無可奈何，誰讓她們不肯受賣菜的苦呢。

吃完了，講完了，大家都站起來，各回各的屋去了，只剩下了嫂子和大琴。按習慣嫂子是要留下來收拾碗筷的，可是這天早晨，卻是有大琴幫著嫂子了。大琴甚至說：「嫂子你忙你的去吧，我一人兒就行。」嫂子堅持了一會兒，還是高高興興地離開了，離開時對大琴說：「看不出你還滿懂事的。」話裡雖仍有小看的意思，卻是和緩的開始，這開始的意味，大琴是深切地體味到了。

剩了大琴一個人，大琴環視一遭明亮、整潔的廚房，心想，媽的，人家的廚房都比自己住的屋子漂亮呢。又見大大小小的櫥子足有十幾個，地上靠牆擺了半遭，牆上面還掛了幾個，也不知都裝的什麼。打開其中的一個櫥子，就見盛滿了大大小小的瓶瓶罐罐，瓶瓶罐罐裡竟全是做菜做湯的作料。大琴想，世上的人們，可真有把日子過得有滋有味的啊，而她家那日子，能叫日子麼？

正翻看著，就覺得門口有人影閃進來。大琴一驚，關上櫥子定睛細看，原來是四孩兒。就見四孩兒看看水池裡的碗筷，忽然問道：「你會洗碗麼？」

大琴笑道：「洗個碗，誰還不會？」

四孩兒卻不笑，臉色還有些沉沉地說：「我們家的碗可不好洗。」

大琴正要問什麼，四孩兒竟是一轉身走出去了。

大琴看看腳下的拖鞋，心想或許四孩兒是為了這雙拖鞋吧；又想起吃飯的時候，她給這個盛了給那個盛的，唯有把四孩兒忘記了……。大琴笑一笑，覺得四孩兒真是小孩子脾氣，難怪她家裡人不把她放在眼裡了。這樣想著，就去洗水池裡的碗筷，心下竟與四孩兒的家人們在貼近著了，又看那手下的盤啊碗啊，隻隻都精緻玲瓏，尤是上面的花紋，不知為什麼就總讓她想著四孩兒母親的樣子，她想，也只有她那樣的人與這花紋相配啊。

四孩兒家的碗果然不是好洗的。

這天晚上，大琴再次來到四孩兒家的時候，四孩兒告訴她，大琴離開廚房後，母親又把碗重新洗了一回，連洗帶擦，最少要三遍才行。大琴只說：「明兒再洗碗注意就是了。」四孩兒又好氣又好笑，說：「明兒你還想在這兒吃啊。」大琴說：「怎麼了？」四孩兒說：「好，好，吃吧，吃吧，只要他們不往外趕你。」

晚上四孩兒的屋裡沒電視看，四孩兒趴在桌上看書，大琴沒事幹，四孩兒就讓大琴給她捏捏背，說：「看書看得背疼。」大琴說：「那就看會兒電視去吧。」四孩兒說：「去哪裡看？」大琴說：「去嬸嬸屋裡呀。」四孩兒冷笑笑說：「想看你去看吧。」大琴起身就要走。四孩兒說：「捏完了背再走啊。」大琴就只好捏，手頭卻輕輕重重的沒了準頭，直到四孩兒「哎喲哎喲」地叫起來。四孩兒說：「你若不想住下去，就自管看電視去吧。」大琴說：「他們不會嫌我的，看個電視。」四孩兒哼一聲說：「以為你是誰？」大琴沒再說什麼，卻也沒改變看電視的決心，還是離開四孩兒走了出去。四孩兒一人兒在屋裡，眼睛看了書，心裡卻不能到書裡去，想父親最不喜人多熱鬧的，大琴能在那屋裡待上五分鐘才怪。

可是，十分鐘都過去了，也不見大琴回來；半小時過去了，仍聽不到大琴的動靜。四孩兒便有些坐不住，悄悄走出去，趴了北房的窗口向裡望，見屋裡只有父母兩人在看電視，壓根沒有大琴。四孩兒想，莫非被父親趕走了？可她總該拿走她的東西呀。四孩兒便走進去，幾乎有些激動地問母親：「大琴哪裡去了？」

母親說：「給你爸買煙去了。這孩子粗是粗些，倒也勤快懂事，比她爹、她娘強多了。」母親說完繼續看著電視，四孩兒卻莫名地生出深深的失望來。她想，這個大琴，想幹什麼就能幹成什麼，真不簡單啊。她本想跟母親說點什麼，終於不知怎樣去說，只默默地離開，回了自己的房間。

這天晚上，大琴果然如她說的，沒有人嫌她，她一直看到了電視的結束。四孩兒躺在床上，時而還能聽到大琴和母親的笑聲。四孩兒冷冷地想，好啊，笑得好啊。

第二天早晨，大琴掃完院子回來，四孩兒問她：「要不要學學化妝？」大琴說：「當然，就怕你不肯教我。」四孩兒就令她洗了臉，將她拿來的一堆化妝品擺在跟前，給她塗了一樣又一樣的。四孩兒心裡有氣，手上就不由得用了力，眼線瞄得粗粗的，眼圈畫得藍藍的，該紅的地方狠狠地紅，該白的地方狠狠地白，還對了她的臉，使勁地拍啊拍的。大琴似乎覺出點什麼，想轉臉照照鏡子，四孩兒卻一扳她的臉，說：「別動，動可就化不好了。」

化完了，四孩兒才將大琴推到鏡子面前，說：「看看還是你大琴不是？」

大琴一看，「媽呀」一聲就把臉捂住了。

四孩兒說：「怎麼了？」

大琴說：「跟唱戲的一樣了，叫我怎麼見人啊！」

四孩兒便笑，說：「你怕什麼，你又怕過什麼呢？」

大琴便知四孩兒是有意的了，起身就要去洗。四孩兒攔了她說：「別，先出去讓大家評評，是好看還是難看？」也不容大琴再說什麼，推了她就走，一直走到吃早飯的房間，就見一家人早已在那裡了。

大琴先還被四孩兒推著，見了大家，忽然就大大方方坐下來，將臉直對了四孩兒的母親說：

「嬸嬸你看，四孩兒會不會作弄人？」

母親和大家就樂，說：「大琴這一打扮簡直像個十五六歲的，往後就照這打扮好了。」

大琴自是聽出在拿她開心，只嘻嘻地笑，並不去惱。待要盛飯的時候，她攔了站起身來的嫂子，忽然指使四孩兒說：「四孩兒，過來，我盛你端，就甭累嫂子了。」四孩兒還沒反應過來，大琴已盛好一碗向四孩兒遞過來了。四孩兒不得不接住，心裡卻氣鼓鼓的，想這大琴，剛剛才住上兩天，就跟她自己家似的了，多麼不知羞恥啊。待第二碗端過來，四孩兒就不想去接，裝作去廚房洗手，讓大琴的那碗飯空舉了半天。最後還是嫂子接了過去，嫂子又不甘心，說：「這四孩兒，早不洗，晚不洗，這時候洗的什麼手啊？」母親便說：「大琴，等等四孩兒，等四孩兒回來再盛。這孩子，這幾天愈來愈不像樣子了。」

四孩兒在廚房裡聽著，眼淚不知不覺地就流下來，她想，沒有大琴的時候沒有意思，有了大琴就更沒有意思了。這往後的日子，她該怎樣來打發呀！

這一天，大琴、母親、嫂子都下地去了，上午各幹各的，下午大琴則幫了四孩兒家幹。其實大琴家也不是沒有活兒幹，可一旦起了去四孩兒家菜地的念頭，大琴就再也無法收住了。大琴幹地裡活兒又快又有力氣，讓母親和嫂子喜了又喜的，到了吃晚飯的時候，母親就說：「大琴，到家去吃吧。」大琴自是求之不得，只兩回早飯，就足以讓她膩煩了自己家的飯菜，她想那晚飯，該是更誘惑人的吧。

她們不知道，在這個下午，家裡的四孩兒也有了意想不到的喜悅，那就是：四孩兒表姑家的吳小克到家裡來了。

由於表姑是個孤僻的不大愛走動的人，平日與四孩兒家的聯繫就少了許多，四孩兒對吳小克的印象，還是他十三四歲時的小孩子模樣，可這天下午到來的吳小克，已是個高高大大、英俊灑脫的城市青年的樣子了。

吳小克與他的母親正相反，熱情、健談，還善於傾聽，在對方說著什麼的時候，他一個眼神或是一句簡短的評語就可使對方達到意想不到的喜悅。四孩兒從沒遇到過這樣的交談者，在她無比孤單、茫然的時候，吳小克的到來，使她忽然生出了一種獲救的感覺。

四孩兒情不自禁向吳小克講述了一切。講完了，她有些怯怯地說：「在你看來或許是非常小、非常無聊的事情。」吳小克說：「不是，任何事情全看你心裡的感覺，你感覺是大事，那就一定是大事。」四孩兒驚喜地聽著「不是」這個詞，她想，他比她才大了四歲，但他是多麼地善解人意啊。

後來，上班和下地的人們就都回來了，大琴也跟在大家的後面。見過吳小克，母親和嫂子便去做晚飯，大琴本打算去幫一幫，看一眼吳小克和四孩兒，忽然就改變了主意。

像吳小克這樣的城市青年，大琴賣菜的時候是可以常看到的，但從沒機會與他們說點什麼，在他們眼裡，一個賣菜的女孩也許壓根就是不存在的。

大琴先是專心地聽吳小克和四孩兒聊啊聊的，後來就找機會插上一句，引得吳小克直驚奇地看她。吳小克與四孩兒的聊本來一直是一種調子的，忽然插進來個大琴，雖不大和諧，卻是有新奇感的，吳小克臉上的笑，表明他是高興大琴的插話的。這樣，大琴就愈來愈大膽起來，插話也就愈來愈多，有時四孩兒正在說著什麼，她也敢不管不顧地打斷她，目光專對了吳小克說她要說的。比如說到農村女孩去城市打工的事情，四孩兒說：「掙錢不掙錢的，見見世面總是比在家好些。」大琴就插話說：「是啊，是啊，在村裡總是小蔥蘿蔔、蘿蔔小蔥的有什麼意思！」四孩兒說：「不過農村也自有農村的好處，只一個吃菜上的新鮮、方便，城市人就沒法比的……」大琴則搶過去說：「四孩兒這你就不懂了，我一天天地種菜、賣菜，哪回不是把好菜給城裡人，把次菜留給自己？要說比，農村人就好比傭人、下人，城市人就好比老爺、夫人。」吳小克聽了，便哈哈地笑起來。大琴也跟了笑。唯有四孩兒是冷冷的神情，她想，說吧，說吧，你當吳小克是誰？吳小克是上過大學的，吳小克可不是嫂子一樣的人。

三人正說著，就聽得嫂子在廚房直喊「大琴、大琴」的。大琴料想定是嫂子要她幫了去做什麼，就裝作沒聽見，仍說她的。她捨不得失去這個跟城裡人說話的機會。四孩兒心裡則明鏡一般，也不去提醒大琴，逕自離開二人往廚房去了。

嫂子問四孩兒：「大琴呢？」四孩兒說：「跟表哥說話呢。」嫂子說：「她跟人家有什麼話說？」四孩兒說：「她跟誰沒有話說？跟你，跟媽，跟爸，跟哥，跟哪個沒有話說？」嫂子看看四孩兒，不肯示弱地說：「大琴跟你還不是最有話說的？」四孩兒張張嘴，終於不知再說點什麼，只在心裡想，四孩兒啊四孩兒，你找大琴是為的什麼呢？

大琴和吳小克在那裡說著，四孩兒就一直待在廚房裡，也不想幹什麼，只將一隻小盤子在桌上旋來旋去的。母親和嫂子也不去理她。

晚飯總算做好了，大家都聚集到了餐桌上來。一個吳小克，一個大琴，新增添的兩個人，是多麼地不同啊；這個家庭的人們，帶了幾分好奇和幾分預感，似乎都有些期待著什麼。

所有的人都沒想到，吃飯之前，大琴首先宣布了一件關於她與吳小克剛剛商定的事情：她要去吳小克的家裡當保姆了。

大家都有些吃驚地看看大琴，又看看吳小克，不明白這兩個人剛剛才見的面，卻就決定了一件這樣的事情。

四孩兒不相信地問吳小克：「表哥，可是真的？」

吳小克點點頭，說他母親常年身體不好，需要人照顧，父親工作又忙，沒有專人買菜做飯實在不行。剛才聽大琴說希望有一天由賣菜的變成買菜的，他就同她談起這事，她又是這裡信得過的人，家裡信得過，他也信得過，事情就這樣說定了。

四孩兒忍不住說道：「表哥，你怎麼知道家裡信得過？」

母親接過去道：「你表哥自有他的眼光，既然說定了，也是件好事，大琴熱心、勤快，去就去吧。」

大家便開始吃飯。多出了兩個人，倒比往日沉默了許多，彷彿大琴與吳小克的決定將每個人都傷了似的。

大琴倒也自覺，知四孩兒今兒晚不會留她了，便捲了鋪蓋，提了網兜，回自己的家去了。走之前與吳小克說好，明早來這裡與他一塊兒去城裡，不見不散。大琴又對四孩兒說：「我先去城裡一步，等站住了腳，也把你接去。」四孩兒只冷笑笑，從鼻子裡哼了一聲。

大琴走後，吳小克問四孩兒：「你像是不喜歡她？」四孩兒說：「還以為你是個明白人。」吳小克說：「要她做個保姆，又不是做女朋友。」四孩兒說：「別著急，有一天也許會做成你的女朋友的。」吳小克只當是女孩間的成見，就一味地搖頭笑著。

事情還真叫四孩兒說著了，大琴去吳小克家當保姆不到半年，就做了吳小克的媳婦。據說是大琴幫吳小克做成了一樁生意，賺了大錢，吳小克很欣賞她；大琴又在這當口與吳小克發生了一回性關係，吳小克就答應了結婚的事了。結婚的時候，請四孩兒家的人全去了，做了新娘的大琴，儼然一副主人的派頭，與四孩兒和四孩兒家的人說起話來，全沒有了往日的謙卑、巴結。四孩兒家的人終於有些坐不住，早早就離開了吳小克家。

吳小克送一家人出門的時候，四孩兒忽然問吳小克：「她是怎麼把你搞到手的？」吳小克只笑，並不答言。四孩兒又說：「她的故事才剛剛開始，表哥你要小心。」吳小克仍笑，仍當兒戲似的。

向回走的路上，四孩兒望了來來去去的行人們，心中一直茫然地在想，大琴的故事剛剛開始，她四孩兒的故事可在哪裡呢？

一九九七年四月二日

《青年文學》一九九七年第七期

《小說月報》一九九七年第八期選載

樓下樓上

這一天晚上，李明獨自待在家裡，先看了一會兒電視，又拿起一本武俠小說翻了幾頁，發覺都不能解除他內心的煩躁不安，便索性鎖了房門，去了樓下的趙奇家裡。趙奇夫妻十分地好客，家裡常有朋友或朋友的朋友聊天、打牌什麼的。李明只去過一兩次，他的妻子是個喜歡把丈夫留在家裡的人，他不想惹妻子不高興。

趙奇家裡果然已坐了幾位朋友，有李明認識的，也有他不認識的，不認識的有趙奇夫妻在其間的周旋，使李明也並沒有陌生感。他接過趙奇妻子遞來的一杯茶慢慢地品著，心裡覺得比在家裡輕鬆了許多。

李明來之前一位朋友正在講著什麼，待李明坐下來後，那朋友就繼續講起來。李明曾見過他一面，只知他在一家報社工作，上上下下的事情知道得很多，現在他像是正在講哪位市領導的風流韻事。李明沒從頭兒聽，就不大聽得下去，小聲同坐在身邊的趙奇的妻子說著什麼。趙奇的妻子姓馬，大家都叫她小馬，李明比她小一歲，也隨了叫她「小馬，小馬」的。小馬很是活潑、健談，跟什麼人都可以像朋友一樣地親熱起來。李明知道，跟什麼人都親熱，就跟什麼人都不親熱了。眼下他雖與她頭挨了頭、肩並了肩的，心裡卻是有距離的，但這距離並不讓他沮喪，反而有一種愉悅感。

小馬那邊坐的是一個面色黑黑的男人，小馬稱他老夏，說他跟趙奇是中學同學，住的宿舍離這裡不遠。李明還是第一次見到他，李明注意到，他跟小馬說話的時候老夏總在看他們。小馬像是沒感覺，只顧跟李明在這邊竊竊私語，有一刻李明開玩笑地提醒她說：「老夏嫉妒我們呢。」小馬看也不看老夏地說：「別理他，他就那德性。」李明便有些明白，老夏的看小馬其實是知道的。

這時，那段風流韻事已經講完了，大家便把目光都轉向了老夏，說：「該你了老夏，這回你可不能逃脫了。」小馬貼了李明的耳邊說：「這是我的主意，一人講一個有趣的故事，能讓大家輕鬆就行。我不喜歡打牌，一打牌我就成了局外人，連個說話的人也沒有了。」

老夏看看大家，又看看小馬，說：「小馬知道，我最不會講故事了，輕鬆的故事更講不來。」老夏人長得粗悍，說出話來卻如喃喃自語，沒有一點力量。

小馬不留情面地說：「我怎麼知道？我就知道大家都講了，你也要講。長的講不來，短的還不行嗎？輕鬆的講不來，沉……不行，還不能講沉重的，不能破壞了規則。反正你好歹是要講一個的，上回就讓你賴掉了，這回無論如何不能再賴了。」

大家便都笑了看老夏，小馬的不留情面讓他們感到了開心。

這時老夏顯得為難極了，兩手緊緊地絞在一起，彷彿所有的力量都用在手上了。他說：「我真的想不出講什麼……」

大家卻愈發地起鬨，紛紛要他「講一個」、「講一個」的。

老夏看小馬沒了指望，就又去看趙奇。趙奇卻正忙著往暖瓶裡倒開水，熱氣和水聲繚繞著他，他顯然沒注意到老夏這邊的事情。

老夏有些絕望似的鬆開了兩手，然後看了大家說：「好吧，那我就講一個。」

李明見老夏這時將目光轉向了窗外，望得很遠很遠的樣子。李明也隨了他向外望，外面黑黑的，什麼也沒能望到。

老夏說：「這是解放前的一件事情了。一個十九歲的女孩子因為逃婚參加了共產黨的抗日活動，有一次她的上級交給她一項光榮而又刺激的任務，要她去槍斃一個叫老年子的漢奸。對這任務她當然義不容辭，但臨行前不知為什麼她還是感到了膽怯，她問她的上級，這老年子是幹什麼的？家裡都有什麼人？那上級沒有回答她，只說：『去執行你的任務就是了。』這使她很有些慚愧，明知不該問，偏偏還要問，她膽怯的是什麼呢？按照事先打探好的消息，她由認識老年子的一位老鄉帶路，等在老年子必經的一條小路上。等啊等啊，小路的人過了一個又一個，每過一個她感覺像是老年子的人，她都握緊手槍準備著那時刻的到來。可是老鄉總是搖頭，使她簡直要懷疑那老鄉的眼光了。也不知過了多少時候，老鄉終於對一個愈走愈近的人點了頭。她隱藏在一塊大石頭後面朝那人看去，看著看著不由得就傻了，這個叫老年子的人，原來才是個十七八歲的娃娃啊！她問身邊的老鄉：『你沒有搞錯吧？』老鄉說：『沒錯，他就是老年子，這村裡再沒有叫老年子的了。』她問：『他做過什麼壞事？』老鄉搖搖頭說：『那就不清楚了，我跟他也不大熟。』這時她就聽見那年輕人哼起一首什麼曲子，然後隨了那曲子忽然騰空一躍，兩隻手臂彷彿大鳥的翅膀伸展開來，翻了一個漂亮的跟斗。跟斗翻過去，就到了他們的正前方了。老鄉看看她，意思是到時候了，再不打可就錯過去了。她卻遲遲地不能勾動那扳機。她想起她的一個表弟，也是這樣的年齡，也是這種活潑潑的樣子，動不動還要在她的姑媽面前撒一撒嬌呢。她想，這樣的一個人怎麼可能是漢奸呢？年輕人繼續走著，再往前走，一座麥秸垛就要擋住她的視線了。老鄉忍不住捅了捅她，幾乎在這同時，她的槍聲也響了，就見那年輕人再次張開手臂，在原地轉了幾個身，最後仰面躺在了地上。」

老夏講到這裡，看看大家，停了下來，彷彿講完了的樣子。

小馬忍不住問：「後來呢？那年輕人是不是漢奸呢？」

老夏笑一笑，說：「後來就沒趣了，不合你的規則，就不講了吧。」

小馬說：「不行，不合規則說不合規則，故事總得講完。」

大家也說：「對對，兩碼事，兩碼事，講完，講完。」

有人還說：「老夏不講是不講，一講挺有玩意兒的嘛。」

趙奇就說：「老夏是誰，他比我還小一歲，沒有點玩意兒，人家幹麼叫我小趙，叫他老夏呢？」

大家便笑起來，老夏的故事只好又接了下去。

老夏說：「那個女孩子自從執行了那次任務後就離開了革命隊伍，因為過後她才聽說，那個年輕人果然不是漢奸，一是下邊誤報軍情，二是上邊要彙報除奸的數目，那任務就執行得草率了些。可是，下邊、上邊誰都不會體味到這事情給女孩子帶來的傷痛，那以後她自願選擇了無生無息的農村婦女的生活，直到她前些日子默默地死去。當然她希望的是無聲無息，農村一次次的政治運動卻也沒有放過她，有時把她當成革命的叛徒，有時又把她當成屠殺階級兄弟的凶手，這兩個罪名輪番折磨著她的身心，但她從來沒有為自己辯白過。她還真的像贖罪一樣幫助比她困難的農民，特別對十八九歲的年輕人，她多少年如一日地為他們縫縫補補，把多餘的錢物送給他們，還為他們張羅親事。她的事情對她的孩子們一直都是個謎，孩子們不相信他們含辛茹苦的母親會是那種醜惡的人，可每每問起她，她都讓他們失望地回答：『我罪有應得。』直到她死前，她才向她的孩子們講了這事情的全部經過。她的孩子們震驚著，也為他們的母親不平著，他們說：『你是多麼傻呀！有罪的應該是你的上級，你是在執行他的命令呀。再說就算你錯了，也犯不著一輩子折磨自個兒呀！天下有多少犯大錯的人，他們哪個不是挺胸抬頭活得無憂無悔、人五人六的？哪個像你這麼傻呀！』她卻說：『這輩子，除了那件事，我不後悔我做過的一切。』」

老夏像是有意將後面的故事講得簡單了許多，他深深地吁了口氣，說：「對不起，我說過我講不來輕鬆的，至少這些天講不來，這些天腦子裡全是這事情，要講就只有講它了。」

大家顯得比方才安靜了許多，他們看著老夏，想對老夏的故事開幾句玩笑，使氣氛重新活躍起來，但誰也沒想出合適的話來。

這時，小馬忽然問道：「那個女孩子你認識麼？」

老夏停頓了一會兒，還是答道：「她是我的母親。」

老夏這一說，大家就更安靜了，連小馬一時都無話可說了。

老夏看看大家，有些知趣地站起身來，說：「我本是想來輕鬆的，沒想到倒給大家帶來了沉重。」

老夏向外走著，李明不由得也站起來隨了老夏向外走。小馬說：「李明你坐你的，我來送老夏。」李明這才意識到自己已隨老夏走到了門口，就說：「你送我送不一樣？都是這樓裡的，我也該回去了。」

小馬顯然沒想到李明的走，說：「李明你還沒講故事呢？」

李明向小馬拱拱手說：「抱歉，下回再補吧，這回我也是一樣沒得可講。」

小馬和趙奇站在門口，目送李明和老夏一個往樓上走，一個往樓下走。樓裡的燈壞了，轉瞬間兩個人就淹沒在黑影裡不見了。

李明回到家裡，一直被老夏的故事纏繞著，他跟老夏素不相識，話都沒說一句就離開了，卻沒想到，跟老夏的故事倒相識在一起了！他不由得對老夏有些恨怨，心想，這個老夏，彷彿早知道他的心思似的。

他打開電視，見是廣告，就換了個頻道；又是廣告，就又換；換到第六個，他心想若還是廣告就看下去。出現的卻是新聞，且是地方臺的新聞，上面的面孔一個比一個陌生，他一陣火起，伸手就按了遙控器的開關，使那電視重又恢復了沉寂。

這時，李明忽然聽到門鈴的響聲。

李明將門打開，見到一個不認識的女子站在門外。

李明問：「你找誰？」

那女子笑笑說：「我就住在樓上，想找您借樣東西。」

李明只好請她進來，問她借什麼東西，又說怎麼從沒見過她。

那女子說：「我住在我姐家，我姐出差了，要我替她看家。」

李明便想起另一個女子，瘦瘦的，高高的，每日獨來獨往的，從沒見她跟人說過話。李明發現這妹妹比姐姐長得喜興了許多，一笑兩隻眼睛就瞇起來，僅剩的一絲縫裡閃出的亮光很是動人。

她要借的是一把鉗子，李明找出來遞給她。她看看李明，說：「謝謝，待會兒用完了就還你。」

李明看著她輕盈地走上樓梯，便關上了房門。

李明重又打開電視機，已不再是廣告，卻也不好看，是臺灣的一部言情電視劇。李明心不在焉地看著，老夏的故事仍在腦子裡不斷地閃現著，那借東西的女子很快就被他忘記了。

大約只過了十分鐘，門鈴又一次響起來。李明打開門，見又是那女子，手裡拿著鉗子，熟人一般地衝他笑著。

李明接過鉗子，見她沒走的意思，就問：「還有事嗎？」

她說：「不好意思，我還想借改錐（螺絲起子）用一用。」

李明轉身為她去找改錐，她就隨李明也進了屋。

李明在裡間聽到站在外間的她說：「你家比我姐家寬敞多了。」

李明走出來把改錐交給她，問她做什麼，要不要他幫忙？她連連搖頭說：「不用，不用，一點小問題，一會兒就好，用完了就還你。」

李明再一次將她送出門外，發現她的兩條腿很長，一步就邁過去兩級樓梯。李明關上房門想，看她那樣子，不像是喜歡借東西的人。

又過了十分鐘的樣子，門鈴又響了，李明猜又是那女子，懊悔剛才沒告訴她別著急送還，明天送還也不晚。

果然又是她笑吟吟地站在門前。

李明接了改錐本想關門，不知為什麼開玩笑地問道：「還要借什麼東西？」

她卻反問道：「我要還借呢？」

李明遲疑了一下，說：「我只有借給你。」

她接口說：「心裡其實是不想借的。」

李明說：「不是不想借，是懶得一次次地開門。」

她笑了說：「其實，這些東西我姐家都有。」

李明驚異地望著她。

她說：「可以進去說話嗎？」

李明點點頭，引她第三次走進了他的房間。

她坐下來，自我介紹說：「我叫董文麗，我姐叫董文娟，我姐叫什麼你還不知道吧？」

李明搖搖頭，不說什麼，只等待著她的解釋似的。

她說：「我不想一個人待在我姐的房間，想出來找人聊天，但又不知找的人是否可靠，只好就借東西。我想要是借三回還有耐心借給我的人，肯定是可靠的。」

李明便笑起來，說：「其實，第二次見到你我就有些不耐煩了。」

她說：「我覺出來了，不過我覺出你的不耐煩不是對我，是一種心不在焉，你好像有什麼心事。」

李明一邊有些驚奇，一邊又覺得她是在賣弄聰明，就說：「那你說說看，我有什麼心事？」

她看看牆上的照片說：「什麼心事我就說不準了，也許跟你妻子、女兒有關，她們不在家，你在想念她們？」

李明搖搖頭說：「不對，是我有意把她們氣走的。」

她說：「這就更對了，你氣走了她們，你又懊悔，所以你才想念她們。」

李明仍搖著頭，說：「不對，不對，是另一件事，因為另一件事才有把她們氣走的事的。」

她望了他一會兒，說：「能跟我說說麼？」

李明避開她的眼睛，拿起暖瓶倒了杯水遞給她。他奇怪自己竟真的跟一個陌生人「聊」起來了。

她說：「我姐姐有什麼心事就跟我說，因為我總能讓她高興起來。」

見李明不說話，她問：「你不相信？」

李明說：「我沒有不相信，我是在想，能願意跟你說出心事就算不易，能讓說出心事的人高興起來就更不易了。」

她說：「不過，她高興是高興，但從沒按我說的去做過。就好比她為一個人的死一輩子不嫁人的事，我能讓她明白那個人的死不是她的過錯，但不能說服她不再獨身。」

李明心裡就不由得一震，說：「你是說，那個人的死跟你姐姐有關？」

她說：「不是跟我姐有關，是我姐認為跟她有關。那個人原來愛我姐，被我姐拒絕了，時間不長那個人就出車禍死了。我姐認定人家是為她而死，就要以不嫁人償還她的『罪孽』。我對她說，任何一件事的發生都不是一個原因造成的，你怎麼就認定是為你而死？他興許是酒後駕車呢，他也興許是想另外一個女人呢，或者壓根不是他主觀的原因，壓根就是該他倒楣，對面來個車違章撞了他。但我姐堅持說如果不是她拒絕了他，他也許就出不了車禍。為這事我還去做了調查，結果是因為夜間行車闖紅燈，跟從右方向開來的一輛卡車相撞而死。我說：『怎麼樣，他闖紅燈跟你有什麼關係？』我姐卻說：『你怎麼不想一想，他為什麼要闖紅燈？』我說：『你不要自作多情好不好，闖紅燈是一剎那、一瞬間的事，沒有想好為什麼才去闖紅燈的。』我又說：『有些事是不能只靠因果關係來解釋的，也許他是命該如此，誰能左右得了命運呢？』沒想到我姐說：『你說得對，他命該如此，我也命該如此，上帝是要以他的死來懲罰我呢。』我說：『懲罰你什麼呢？』她說：『懲罰我的拒絕。』我說：『你拒絕有什麼錯呢？』她說：『他愛有什麼錯呢？可是上帝懲罰了他。』她說：『也許還有一個更大的我們不知道的因果關係左右著我們，我們沒有一點辦法。』我說：『你這個人，怎麼就不懂得為自己找點快樂？』她就說：『你這個人，面對一個人的死，怎麼還能樂得起來？』我說：『我怎麼樂不起來，他跟我有什麼關係？他跟你又有什麼關係？這麼沉重的十字架你值得背麼？』她說：『不管怎樣，我要憑我的心做事。』後來，我好說歹說的，她總算答應我要高高興興的，不再去想這件事。但兩年過去了，她始終還是不肯結婚。」

她說完望著李明，說：「你好像對我姐的事挺感興趣？我姐的事我可從沒對人說過。」

李明沒有答話，兀自想著什麼。

她又說：「我也不知道為什麼要對你說出來。你臉上有一種東西，我是看著你的臉才說出來的。」

李明把臉轉向她，心想她不是賣弄，她是真聰明的。

李明說：「因為評職稱的事，我跟我的上級吵了一架，結果他第二天就住院了，到現在不能說話，不能走路，據說恢復的可能性很小，他要一輩子癱在床上了。」

李明勉強向她笑笑，說：「董文麗，這事你怎麼能讓我高興起來？」

董文麗眼睛亮了一下，好像很高興李明叫出她的名字，她說：「難怪你對我姐的事感興趣。不過這事好像比我姐的事更難，那個人死了，這個人卻還活著，你還得要面對一個活著的人。」

董文麗想了想說：「先別急，難是難，也有容易的地方，那就是我姐面對的是一個愛過她的人，你面對的卻是一個跟你沒什麼感情聯繫的人，沒什麼感情聯繫，解脫起來就容易得多了。首先，你要弄清楚你跟他吵架有沒有道理。」

李明說：「道理自然是有的。」

董文麗說：「有道理就好辦，有道理你至少就減了一半以上的責任，那只能怪他不善於調整自己的心態，或者壓根就是自己心裡有鬼，一下被你說著了。如果是這樣，他得病就是他自己的報應，跟你就沒多大關係了。再說，任何病都有一個潛伏期，即便你沒跟他吵，他早晚也會有個契機發病的，那個潛伏期裡，他有過多少不順心的事，多少人找他吵過架，你怎麼會知道？」

李明說：「你說的這些我都想過，可是，吵架畢竟是他發病的直接原因呀。」

董文麗說：「你這樣想就是跟我姐犯一樣的毛病了：自作多情。你想想，頭一天吵的架，第二天發的病，中間至少隔了整整一個晚上吧，他一個領導，又是一家之主，這一個晚上在他身上有多少事情可以發生啊，你怎麼就好認定單單是你的吵架引起的呢？」

李明說：「要是吵架以後再沒發生過別的事情呢？」

董文麗說：「事情不僅僅可以在外面發生，還可以發生在腦子裡，而且發生在腦子裡比發生在外面更可怕，你怎麼能知道在他腦子裡發生了什麼呢？」

李明便笑了，說：「你果然是有辦法的。不過，人家那邊躺在床上，這邊卻千方百計地尋找解脫自己的理由，做人總是不該這樣做的。」

董文麗說：「這又是另一個話題了。剛才的話題是弄清責任，弄清責任我可以幫你做，怎樣做人就是你個人的事情了。不過，我還是要勸你一句，凡事向前看，別跟我姐似的，總生活在過去的陰影裡。當然我覺出來，你跟我姐不一樣，我姐是不想找解脫的理由，你是想找，找到了又不大敢接受。現在世上的人，我姐那樣的太少了，你這樣的也不多，至少我就不會像你們一樣，累不累呀。」

李明望著董文麗，不由得脫口說道：「我這算什麼，老夏的母親才真能跟你姐排在一起呢。」

董文麗說：「老夏的母親是誰？」

李明看董文麗很有興致的樣子，便把老夏講的故事又跟董文麗講了一遍。

李明講的時候，董文麗聽得十分認真，聽完了，安靜地坐了一會兒，也沒說什麼，站起身來就告辭了。直到走出門去，才回過頭向李明笑笑說：「其實，我對我姐一直是很敬重的，我到你這兒來，不是為借東西，也不是為聊天，是為了躲開她屋裡的氣息，躲開對她的敬重。」

第二天早晨，李明出門去上班，在樓裡遇上幾個也去上班的人，便頻頻與他們打著招呼。與他們打招呼的時候，他奇怪地感到，昨晚的事情竟淡忘了許多，似是很久遠了一般。到了單位，大家在新任上級的領導下如常地工作著，沒有什麼人再提起那個病在床上的領導。李明在這樣的環境裡有一種鬆一口氣的感覺，他想起這些天來的煩躁不安，心想，也許董文麗說得對，「凡事向前看」，現在世上的人，向後看的人真是沒有幾個的。

到了晚上，李明又一次去了樓下的趙奇家裡，見趙奇和小馬正與幾個朋友打牌，就問：「老夏怎麼沒來？」小馬說：「你找老夏麼？我打電話給他。」李明急忙說：「不用了，不用了。」說著就向外走，好像真是找老夏似的。其實他本想在趙奇家跟大家熱鬧一會兒的，不知怎麼進門就問老夏，不知怎麼沒見到老夏又停也不停地往外走。走到樓上的自己家門口，還是沒停，一直到了董文麗的姐姐家，才站下來，開始敲著房門。邊敲李明邊意識到自己的沒來由，他想，他是要找董文麗呢，還是要找董文麗的姐姐呢？好在屋裡聽不到一點動靜，李明才長長地舒一口氣，下樓去了。他猜董文麗也許回自己家去了，既然她害怕她姐姐屋裡的氣息。

回到家裡，李明獨自坐在客廳裡，莫名地有一種失落感。昨晚見到老夏和董文麗的時候，他從沒想過會再也見不到他們，可是今晚他們卻消失得連個影子也沒有了。他想，白天都要將他們淡忘了，現在卻又想見到他們，想見到董文麗也罷，想見到老夏是為了什麼呢？

他沒待老夏的故事再次呈現在腦子裡，就給住娘家的妻子打通了電話。妻子問他有什麼事，他說沒什麼，只是有一種怕的感覺。妻子問他怕什麼，他說也不是怕什麼，是一種情緒，在電話裡說不清，如果她回來就明白了。妻子沒說話就放了電話，顯然她是拿他的話當了騙她回家的手段了。

放下電話，他才忽然意識到剛才那脫口而出的「怕」字。還未來得及弄清「怕」的準確含義，他便無奈地預感到，那老夏的故事又要來了。

一九九八年八月十二日

原刊於《人民文學》一九九八年第十一期

《小說選刊》、《中華文學選刊》等轉載

我們的小姨

現在的時間是十九點二十一分，我想像，那趟慢車已經緩緩啟動了。我的小姨坐在硬臥車廂裡，一臉興奮的表情，由於興奮那雙大眼睛幾乎年輕了四十歲。

沒錯，小姨今年已經六十五歲了。她比我大了整整二十歲。

火車票是我去買的，送站也是我開的車，我只是沒把小姨送進站去。一路上我很不痛快，車開得快了，跟車跟得緊了，綠燈變黃燈了，小姨她總要發出一聲驚叫，弄得我比她還要緊張。她卻比我還不高興，驚叫之後她總是說：「為什麼就不能慢一點呢？」我說：「沒看見大家都在開快車嗎？」她就說：「他們開他們的，你開你的，方向盤不是在你手裡？」我說：「慢比快還要危險，你懂不懂？」小姨說：「我才不信，別以為我沒開過車就是好哄的，找個警察問問，是慢危險還是快危險？」

這倒也罷了，停在十字路口等紅燈，小姨總是要搖開窗戶，把那些發小廣告的人招惹過來，她說：「小孩兒們也不容易。」對年輕人她一律稱作小孩兒，其實如今的年輕人哪一個都比她處事老道；跟年輕人比，她自個兒倒更像個小孩兒。將近火車站時，她手裡五顏六色的廣告宣傳單已有一大摞了。她就那麼一手拿了那堆廢紙一手拎了包下了車，我要她把那些廢紙扔回車裡，她說火車上還看呢。我本想存了車送她進站，她卻堅辭不讓，說：「求求你了，就讓我自在會兒吧。」

可是，剛把車調轉頭，我就從後視鏡裡看到小姨在施捨一個抱孩子的髒兮兮的女人，那摞宣傳單已被她放在地上，她正從挎包裡掏出她的錢包，女人巴巴地望著錢包，那個孩子在她懷裡東張西望的，天知那是誰的孩子！小姨的錢包是藍花布縫做的，我家的抽屜裡也有一個，小姨送的，我卻從沒用過。

我非常地想去阻止她，可「讓我自在會兒」的話又使我坐了沒動。我看她拿給女人的是一張紙幣，然後她裝好錢包，拿起地上的宣傳單，向進站口走去。小姨梳了兩條不長不短的辮子，跟年輕時的梳法一樣，兩條辮子背在腦後，被一條小手絹兒紮在一起。純布面的小手絹兒已有很多年沒賣的了，那也是小姨縫做的，白底黃花，就像辮子上落了隻黃色的大蝴蝶。她上身穿了件短款的夾克，下身一條緊身牛仔褲，顯得兩條腿長長的。她的頭髮是全黑的，奇蹟般地沒一根白頭髮，從後面看，說她二三十歲也一點不誇張。

進站口前排起了長長的隊伍，那是在驗證車票和身分證。小姨的影子變得模糊起來，隱沒進隊伍之後，就再也看不見了。每次進站，小姨總是抱怨，坐個車還要驗明身分，我們那會兒可從沒有過。她總愛說「我們那會兒」，好像她那會兒是個再美好不過的年代，其實那年代大家都知道，雖說人是單純了點，可各種各樣的不如意也多得很，她是把不如意統統刪去，獨剩了那點單純了。

今年，小姨這麼獨自出行大約都有七八回了，開始是楊明送她，只送了兩次，楊明就跟她吵翻了。後來的幾回就都是我送了。楊明是小姨的女兒，外甥女比不得女兒，不好到吵翻的地步，但我心裡的氣也常一鼓一鼓的，鼓得多了，免不了會放出一點，那一點卻依然是克制的，就像緩緩吐出的一口煙氣，綿軟軟的，不便顯現什麼鋒芒。

小姨去的是千里之外的一個縣份，那縣的名字很咬口，我總也記不住，小姨好像也懶得重複，只說「北邊」。家人們都知道，小姨一回又一回的出行都是去「北邊」，「北邊」有一群喜歡她的孩子，那群孩子需要她。這話是小姨說的，家人們卻都不大相信。家人們包括楊明和她的丈夫劉克，還有我的丈夫李行，還有大姨家的表姐洪雁。洪雁一直還沒結婚，大姨、大姨父、我的父母，包括楊明的父親，也就是我的小姨父，都先後腳地去世了，老輩人只剩了小姨一個，洪雁的婚事就更少有人提了。其實小姨曾多次替洪雁張羅過，只是對小姨的看法，洪雁跟我們一樣，每張羅一次，洪雁就拒絕一次，直至徹底澆滅了小姨的熱情。對小姨的出行，我們和洪雁都一致地認為有點出格，首先，「北邊」果真有那麼一群孩子麼？原本是說去看（知青下方居住地）的老房東的，結果人家老房東死了，還有什麼再次去看的必要？莫非那孩子們是老房東的後代，老房東死前有過囑託？就算有過囑託，千里之遙，也當不得真啊！再說了，就算人家當了真，就算那群孩子當真喜歡她，她除了那點退休金，又能給人家帶來什麼呢？想到退休金，大家還給小姨算了筆帳，每月三千三百元，若每月去一次「北邊」，除去來回的車票錢，除去住宿、吃飯的錢，再除去資助孩子們的錢（大家猜資助一定是有的，即便沒那群孩子也會有，因為那是個偏遠的山村，下了火車還須坐很遠的汽車才能到達），她的退休金也就差不多全交代了。最著急的自然是楊明、劉克兩口子了，因此他們很快就跟小姨吵翻了。他們在意的當然不僅是小姨的退休金，還有她來去的安全，他們一再表示要陪小姨一起去，小姨總是堅決拒絕，說他們會破壞她的感覺。楊明說：「什麼感覺，不過是為她更自由自在地做傻事吧！」

小姨的確是有點傻的，有人敲門，無論熟人還是陌生人，她都問也不問，拉開門就讓人家進來。從前有小姨父還好些，如今剩了她自個兒，楊明就擔心得很，不知提醒過小姨多少回，小姨卻總是不以為然。她說：「在你們眼裡，天下好像沒一個好人，可我活一輩子了，還從沒遇見一個壞人呢。」楊明讓她看中央電視臺的《今日說法》和法治節目，那些節目裡入室搶劫、害命的案件好像每天都在發生著。小姨看了幾回，就再不肯看了，說：「人不能總提防著過日子。」楊明說：「害人之心不可有，防人之心不可無，這都是老話兒了，還需要我來說給你聽嗎？」小姨說：「老話兒裡我最不喜歡的就是這話了，一防人就跟人遠了，跟人一遠活在世上還有什麼意思？」

記得小時候，老一輩人中小姨是最叫我們喜歡的，她愛背一個藍格子的布包，包裡裝得鼓鼓囊囊的，見了我們，就從包裡變戲法似的變出我們想要的東西，一隻好看的髮卡、一塊誘人的點心、一本嚮往已久的圖畫書、一件漂亮的衣服……。她還教我們唱俄羅斯民歌，跳新疆舞，為學新疆舞裡的動脖子，我們每天都把自個兒卡在牆角裡……。再大了些，我們開始把話藏在心裡，拒絕和大人們交流，唯有對小姨，我們不視為大人，想說什麼就說什麼。小姨也對我們說心裡話，比如哪個大人誤解了她，或者她求人幫助碰了壁什麼的。那時候我們對楊明羨慕極了，有這樣一個朋友似的母親，多麼幸福啊。後來，也不知什麼時候，我們對小姨的心裡話就不再那麼在意了，我們自個兒的心裡話也懶得再跟小姨說了。仔細想想，也許是在成家以後，或者再往前，談男朋友的時候。記得小姨給我們幾個都介紹過男朋友，我們自個兒談的男朋友也得到過她的支持，但這些男朋友其他大人都是堅決反對的，最終我們也沒拗過大人們，選擇了大人們的選擇，也就是我們今天的丈夫。不過沒多長時間，我們就意會到了大人們的苦心，對大人們為我們選擇的生活滿意起來。我們覺出，小姨和我們自個兒的選擇是不計後果的，而其他大人們的選擇至少是讓我們安定的、衣食無憂的。因此，劉克和李行對小姨都不由自主地有些疏遠，儘管劉克是小姨的女婿，他卻是由我父母選定並為楊明做的主，當然楊明自個兒也沒怎麼反對。

小姨的工資在幾個大人裡是最高的，她業務好，在一家少兒出版社做到了副總編的位子。可她的存款是最少的，因為她的工資總是裝在錢包裡，隨花隨拿，同事、朋友吃飯、看電影，或是和我們上街，她永遠是掏錢最快的一個；見了要飯的，她從不遠遠地避開，反要迎上前去；她還背了家人資助過一個入室偷盜的年輕人，那年輕人向小姨做了保證，永世再不偷盜，可花完了小姨的錢，立刻就把保證忘了個一乾二淨。家人們知道這件事時，小姨已經要第二次資助那年輕人了。在家人們的強烈譴責下，小姨才不得不罷了手。後來由我父母做主，讓小姨父掌管小姨的工資，家裡才多少攢了些錢，為後來的買房、楊明辦婚事打了點底子。這也是楊明動不動就跟小姨吵翻的原因，楊明說：「要不是我爸，我怕還難嫁出去呢。」

我的姥姥、姥爺去世得早，大姨是個只顧自個兒的人，能疼小姨的只有我的母親。可母親的為人處事和小姨太不一樣了，不見面心裡惦記著，見了面卻又樣樣合不上拍。小姨喜歡送點小東西給大家，一支唇膏、一副杯墊兒、一個手機套什麼的，母親手裡接著，嘴上卻說：「有什麼用，淨瞎花錢。」小姨先以為母親嫌棄，下回買了條精巧的彩金手鏈兒給母親，卻沒想到母親接也不接了，說：「有錢燒得你啊，擱進銀行還賺幾分利息呢！」小姨也不肯相讓，出口就攻擊母親送她的一飯盒餃子、一瓶西紅柿醬、一塊疙瘩頭鹹菜什麼的，說：「那東西可有用，俗，俗不可耐！」氣得母親把小姨給過的小東西找出來，統統扔給了她，仍氣不過，還要把小姨給我的東西也扔給她。我沒肯那麼做，只把哭得滿臉是淚的小姨送回了家。那以後，我猜小姨再不會送東西給人了，可時間不長，小姨出了趟差，又買回來一堆東西，給母親買的是一條絲巾，託我轉給了母親。母親呢，仍照樣要我送給小姨一飯盒餃子什麼的。兩人好像都有些後悔當時的衝動，而彌補的辦法，只能是繼續以往的方式。背過小姨，母親仍要嘟囔幾句小姨的瞎花錢，可有一天，我發現母親扔還給小姨的東西，又原封不動地出現在母親的櫃子裡。去問母親，母親嘆口氣說：「唉，你小姨是個有情有義的，比你大姨強百倍，可就是有點傻，老大幾時關心過她，她還每回都送老大一份兒。」我笑道：「原來你是嫉妒啊？」母親說：「我嫉妒？我是心疼你小姨，有一天沒了我，你小姨沒個大人樣子，看誰還拿她當回事？」我說：「好像你挺拿她當回事似的。」母親說：「我可以不拿她當回事，你們不能，聽見沒有？」我連連點著頭，心想小姨她再傻，也是我小姨，況且我上高中、大學的時候，想買母親不准買的東西，肯解囊相助的總是小姨，憑這我也會一輩子對小姨好的。

老人們相繼去世後，我們小輩人對小姨確是滿關心的，我雖不再像母親一樣給她送餃子，但做了好吃的或是到飯店吃飯，每回都不忘叫她。楊明跟小姨分開住，但也常常去看她，幫她打掃衛生、洗衣服什麼的。洪雁呢，我們原以為是指望不上的，誰知大姨去世後，她有時也會給小姨去個電話，問候一聲。她這樣我們已經很知足了，大姨教導出來的孩子，能關心別人簡直是個奇蹟呢。可後來我們發現，小姨對我們的關心好像並不領情，每回請她吃飯或是幫她做點什麼，她都推三阻四的，有兩次她甚至說：「你們就讓我自在會兒吧！」再後來這幾乎成了她的口頭語了，動不動就說：「求求你們了，讓我自在會兒吧。」對小姨這樣的人，她說什麼我們也不會太放在心上，我們只覺得對她是負有責任的，好歹她也是我們的長輩。相反，我們說什麼，相信她也不會太放在心上，她那麼個大大咧咧、沒心沒肺的人。

從車站回來，我就到楊明家去了，告訴她已送走小姨。楊明和劉克正在看電視，電視裡一個戴了白色高帽子的廚師正在對案子上的一條魚一刀一刀地切割。他們從不看電視劇，因為小姨愛看，小姨愛看的東西他們都習慣地視為幼稚。正要說起路上的不痛快，洪雁忽然來了，她說吃完飯出來蹓彎兒，順便進來看看。大家難得聚齊，我索性也打電話給李行，說：「趕緊過來吧，都在這兒呢！」

其實，我很想趁這機會說一說小姨，小姨總這麼一趟一趟地往山區去，萬一有點閃失，跟我們這些做小輩的可是有脫不開的干係！不知為什麼，送小姨一趟，就覺得小姨離危險近一步，倒不是那山區有多可怕，是小姨的這種不管不顧的執拗的出行，總讓人想到剎車失靈的下滑的汽車，若不及時制止，誰說得準會發生什麼？

話一提出來，楊明立刻把電視關了。楊明說：「是啊，我們也正為這事上火呢。」

楊明比我小三歲，個子卻比我高了半頭，很像她的高個子父親。小姨正是看上了小姨父的高個頭兒才嫁給他的，說高個頭兒的人像座山，能依靠。可一過日子，才知小姨父是個不愛拿主意的人，凡事總愛問小姨：「你說呢？」楊明小的時候，家裡事全聽小姨的，待長大了，就想替小姨拿主意了。楊明拿的主意，一般都是反其道而行之，小姨說東，她就說西，小姨說南，她就一定說北。

這時，楊明看了我又說：「姐，你小姨跟你說了點北邊的事沒有？」

楊明從不說「我媽」，總是「你小姨、你小姨」的。我搖了搖頭。

楊明說：「怪了，北邊到底有什麼吸引了她呢？」

洪雁說：「你跟劉克去一趟不就什麼都明白了？」

劉克說：「不去也一樣明白，藍天白雲、純潔少年唄。」

大家便都笑了。劉克這個人，永遠是一副懶洋洋的樣子，仗了有一份穩定的機關工作，還有兩套可以出租的房子，從沒見他對什麼事上心過。小姨先是以長輩人的身分說過他，見他當耳旁風，就讓楊明去說。楊明卻說：「你就甭操心了，誰有誰的活法，除了傻熱心，你又上過什麼心呢？」這話讓小姨想起來就掉眼淚，小姨跟我說：「幸虧沒跟他們一起住，人老了，話就沒人願意聽了。」我當時心想，怕不是老不老的事吧。可我又怎麼能跟楊明一樣去說「你就是個傻熱心」呢？

我說：「笑歸笑，小姨的事還是得想個辦法，北邊有吸引她的東西，咱南邊就不能找樣東西吸引住她？」

劉克說：「南邊既沒有藍天白雲，也沒有純潔少年，怎麼吸引？」

楊明打一下劉克的胳膊，說：「少廢話，姐說得沒錯，這樣東西能找到最好！」

接下來，大家便一樣一樣地說開了，有說打麻將的，有說玩兒電腦的，有說參加舞蹈班、練唱班、京劇班的，還有說開辦幼兒園的。開辦幼兒園是劉克說的，說他可以把出租的房子讓出來，這樣既有孩子們陪伴，還可以賺些外快，一舉兩得。

楊明又打了劉克一下，說：「想什麼呢，多大歲數的人了，還給你們家打工啊？」

劉克說：「你不覺得媽是閒出來的啊，不找份工作，扯旁的都沒用。」

洪雁說：「我覺得劉克說的不是沒道理，再聘幾個阿姨，也用不著小姨做什麼，還能讓小姨高興。」

楊明說：「你是太不瞭解你小姨了，凡她喜歡的，都是沒用的，一旦有點用，她準就不喜歡了。」

洪雁說：「那她喜歡什麼？」

楊明說：「舞蹈、唱歌、京戲，都喜歡過。」

洪雁說：「不能是一般的喜歡，得是著迷，著迷得顧不得去北邊才行。」

楊明看了我說：「姐，你說吧，你小姨跟你最近了。」

我說：「屁話，再近能比上你這做閨女的？」

楊明說：「不信你問劉克，跟我們淨誇你了，說你懂事，不喜歡她也不像我們那麼露骨地表現出來。」

我笑道：「這是誇我還是罵我呢？」

正說著，李行推門進來了，手裡提了個兜子，兜子裡鼓鼓囊囊的。還沒說話，楊明就把兜子搶過去，眉開眼笑道：「還是姐夫心細。」

東西一樣樣地掏出來，堆放在茶几上，不過是一包瓜子、兩包爆米花、幾個蘋果，還有一排黃亮亮的香蕉。

李行就是這樣，細心又勤快，花不了幾個錢，卻能讓大家高高興興的。可細心有細心的麻煩，他小心眼兒，常常為針鼻兒大點事翻不過去。因此楊明若以李行為榜樣教導劉克的時候，劉克就說：「我要真成了李行，你還會看得上我嗎？」當然，我若以劉克的漫不經心教導李行的時候，李行也會說：「要是我真成了劉克，你還會看得上我嗎？」我便知道，這世上的事是不能求全的，世上的人也是千人千面，誰也成不了誰的。

儘管這樣，與小姨比較，我們幾個還是相近了許多。若小姨在場，會拿出做工精緻的果盤擺放這些東西，興許由此還會唸叨起另外的東西，比如咖啡，比如巧克力，比如國外的小點心什麼的。小姨有時興致來了，會把它們買來，讓精緻的果盤派上用場，讓她浪漫的想像充分顯現。小姨還買過日本產的茶具、德國產的炊具，她自個兒吃飯用的瓷碗、瓷盤是韓國產的。這些東西自是工藝精良，卻價格昂貴，似我和楊明、洪雁之輩是絕捨不得買的。我們和小姨爭辯說：「一塊錢一個的碗吃飯一樣不差味兒。」小姨就連連搖頭說：「不一樣，感覺不一樣，味兒也不一樣，不信你們就試試。」我們誰也沒肯試過，用不試對抗著小姨的偏執和可笑。我們當然知道那是好東西，但在習慣了的日子面前，好東西不一定就屬我們。比如我們每天端了一隻兩百塊錢的飯碗吃飯，豈不會變得小心翼翼，哪裡還顧得飯菜的味道！

大家嗑著瓜子，吃著水果，繼續討論小姨的問題。

我說：「小姨這會兒也不知有沒有東西吃？為趕車晚飯都沒吃上。」

楊明說：「放心吧，車上有賣的。」

洪雁說：「車上的飯多貴啊。」

楊明說：「要是考慮貴賤就不是你小姨了。」

劉克說：「說不定還不只買了一份。」

李行說：「什麼意思？」

劉克說：「助人為樂唄。」

大家便又笑了。

不知為什麼，這麼吃著東西笑著小姨，我心裡挺不是滋味兒，便扯到剛才的話題上說：「我倒覺得，小姨是個念舊又愛熱鬧的人，能不能把她的小學同學、中學同學都聯繫聯繫，今兒他來，明兒你來，總有些相好不錯的，對了心思，拴住了身子，不是就不想著遠處的事了？」

楊明說：「唉，同學聚會早就有過，聚會一回，你小姨就興奮得失眠一回，要是總聚會總失眠，豈不更麻煩？」

我說：「那是偶爾一回，三天兩頭地交往起來，自然會習慣的。」
洪雁說：「我看不妨試試。」
劉克說：「死馬當活馬醫，不妨試試唄。」
楊明說：「你又胡說，誰是死馬啊？」
劉克說：「我說的是事兒，又不是人，會不會聽話啊你？」
楊明說：「一天到晚就是你怪話多，要不是你，她也不能跟咱分開住。」
劉克說：「說的什麼屁話，分開住是你和媽的意思，跟我什麼相干？」
兩人本是笑著的，這時劉克就有些變顏變色的。劉克說：「說個死馬當活馬醫就成怪話了？那總比你說媽是傻瓜、是弱智好聽得多吧？」
我和李行和洪雁聽著，怔怔地看著劉克，一向覺得他凡事不過心的，沒想到他也有計較的時候。人一計較，話就沒了分寸，像楊明說小姨的這話，在我們聽來就不免有些刺耳。
這時，就聽「啪嚓」一聲，一隻杯子摔在了地上，燈光下，濺起了晶亮的玻璃碎渣。是楊明。由於劉克的揭發，脾氣火爆的楊明作為女兒，顯然感到了難堪。她說：「該死的，那是話趕話趕出來的，再不好聽，也不像你劉克，在你劉克眼裡，她怕是連傻瓜、弱智都不如呢！」
劉克像是被楊明的摔有點嚇住，卻又不甘心，繼續逞了強說：「既這麼說，咱就得好好掰扯掰扯了。在我眼裡，媽好歹還是個老人，可在媽眼裡呢，我是個什麼？你問問她，自打結了婚，她正眼瞧過我沒有？」

楊明說：「看不出啊，你還是個有心的，她老人家連我都懶得瞧了，瞧你個外人有屁用啊？」

劉克說：「看看，連你都把我看成了外人呢！」

楊明和劉克互不相讓地爭吵著，我和洪雁一人拉一個勸說著他們，李行則拿笤帚打掃著玻璃渣子。李行眼裡永遠是有活兒的，我為此感動，也為此不滿。「瑣碎顧得多了，人就不容易大器。」這是小姨針對李行說過的，我不想放在心上，可有時會莫名地對李行不滿起來。

李行把玻璃渣裝進個塑料袋裡，要開門扔出去，我便趁此機會跟楊明告別，與李行一起離開了她家。洪雁這老姑娘沒個眼色，還直朝了我問：「這就走了？我咋覺得話還沒說完呢？」

從楊明家出來，是李行開車。我說：「多轉一會兒吧，看看夜景。」李行說：「都住這兒半輩子了，有什麼好看的？」我說：「看！」李行就不再說什麼，轉動方向盤朝了繁華的街道開去。

車裡時間屏上的紅色數字是「21:30」，小姨還需在火車上度過漫長的八個小時。不過在她的感覺裡，也許並不漫長，因為她是「自在」的。

城市的夜景，無非就是燈景吧。這些年的變化，是燈的顏色、種類、數量都愈來愈多了，走在街上，就像是走進了令人眼花繚亂的燈市。雖說每年的元宵節市裡還是要組織燈會，可看的人一年比一年少了。燈會上的燈，有的還不如馬路邊上的燈好看呢。記得小時候，辦個燈會就等於是全市所有人的大聚會，擠在其中腳不沾地就能從街東頭到街西頭。小姨是最喜歡看燈會的，每回都拉了我和楊明、洪雁，來來回回地看不夠。我仨個頭兒小，看的人比燈還多，可興奮勁兒一點不比小姨差。有一回為看「孔雀開屏」燈，我仨鬆了小姨的手，從人的腿縫裡擠了進去。我們以為，這回要把小姨急壞了，可誰知，小姨也只顧看「孔雀開屏」了，竟毫無知覺，待看夠了，才發現手已空空的了。我們聽她一個一個地喊著我們的名字，故意不吱聲，直到她帶了哭聲，才忽然擠到她跟前，把手放到了她的手裡。那以後，母親再也沒肯讓我們跟小姨看過燈會，母親自個兒也從不去看，她說：「人一多就是看人景了，人景有什麼好看的？就說燈景，還不是哄了人往虛幻裡走，全是假的。」母親對世事彷彿永遠是明白、透徹的，不像小姨，什麼都心存好奇，什麼都容易當真。

「想什麼呢？」

我聽到李行忽然問。

我說：「想小姨呢。」

李行說：「送小姨去車站，八成又不痛快了吧？」

我說：「你怎麼知道？」

李行說：「不然你不會去楊明家。」

我說：「小姨是楊明的媽，送完總得去跟楊明說一聲吧？」

李行說：「打個電話也能說啊。」

我說：「你到底什麼意思啊？」

李行說：「沒什麼意思。」

我說：「小心眼兒。」

李行說：「你心眼兒大，對小姨也沒見你好到哪裡。」

我看著他，沒想到他會這麼說我。

李行說：「你沒覺得，小姨一趟趟地往北邊跑，是因為不想在這邊待嗎？」

我說：「為什麼不想？」

李行說：「這還不明白？劉克說小姨沒正眼瞧過他，他又幾時正眼瞧過小姨？加上咱們幾個，對小姨就正眼瞧過？心裡，我說的是心裡。」

我說：「你的意思，小姨是被咱幾個逼走的？」

李行說：「我可沒那麼說。」

接下來，車裡一直沉默著，我和李行都沒再說什麼。

前面是個十字路口，向左就是最繁華的市中心，已可見那裡的燦爛一片了。那高聳入雲的樓頂的燈光，與閃爍的星星們連在一起，更使俗世的燦爛有了幾分虛幻之感。向右，則是我們回家的路，我不由自主地向右指了指，李行也不問什麼，順從地駛入了向右拐的車道。

三天之後，小姨從「北邊」回來了。

我們都很奇怪，往常小姨總要待上十天半月的。

仍是我去車站接的小姨。正是吃晚飯的點兒，我讓李行安排了飯店，並通知楊明兩口子和洪雁也一起去。李行說：「楊明在電話裡說，飯錢讓小姨出，她不能淨顧著外人不顧家人。」

在出站的人群中發現小姨時，我不由得有些吃驚，剛剛三天，小姨像是變化了不少。細看，仍是那身衣服，上身夾克衫，下身牛仔褲；仍是那樣的髮式，兩條辮子背在腦後，被一條小手絹兒紮起，小手絹兒白底黃花，就像辮子上落了隻黃色的大蝴蝶。可是，到底是不一樣了，對，眼神，眼神像是黯淡了許多，再也不是那雙年輕四十歲的眼睛了；還有脊背，也似不再那麼挺拔；原本十分快捷的兩條長腿，現在卻明顯有些遲緩……

小姨坐在車上，一言不發，我問一句，她才肯答一句。將近飯店時，小姨才忽然問道：「這是去哪兒？」我說：「去飯店吃飯。」小姨說：「不想吃，還是送我回家吧。」我說：「楊明他們都等著呢。」小姨竟害怕似的蜷縮起身子，說：「不行，不行，你們還是讓我自在會兒吧！」我卻不肯聽小姨的，仍兀自向前開。我自覺有充分的理由：「不管怎樣，飯總是要吃的。」我甚至還有些氣鼓鼓的：「大家等你一個人，你卻不吃了，哪有這麼不通情理的長輩啊！」

誰知，在飯店前停下車時，小姨卻「嗚嗚」地哭起來了。

我原是想對小姨好一點，才安排了這次晚飯的。我還想著，吃晚飯的時候也讓大家對小姨好一點，小姨說什麼也不要反駁她，更不要嘲笑她。可是……

我耐下心來，把手放在小姨的肩膀上，問她：「為什麼？」

小姨哭得更慟了，有些上氣不接下氣的，似小孩子一樣的哭法。

我說：「路上出什麼事了？」

小姨搖搖頭。

我說：「是『北邊』出什麼事了？」

小姨又搖頭。

我說：「那是『北邊』的人對你不好了？」

小姨仍是搖頭。

我不由得有些急，說：「到底怎麼了？」

小姨這才停了哭說：「是我……，我對他們不好，他們要到城裡來，我拒絕了。」

我不由得鬆了口氣，說：「拒絕就拒絕了，有什麼好不好的？」

小姨說：「拒絕了他們，也就拒絕了自個兒了，往後……再不好去了。」

我說：「不去就不去，大老遠的，也省得我們擔心了。」

小姨說：「唉，小姨這兒疼……疼得要命呢！」

小姨指了她的心口，那手指竟微微地有些顫抖。

我說：「那我就不明白了，你為什麼一定要拒絕呢？」

小姨說：「還不是……因為你們？」

我驚訝道：「我們？」

小姨又一次沉默下來。

半天，小姨才說：「在你們眼裡，小姨也許是個一無是處的傻瓜，可在他們眼裡不是，我說的每一句話，唱的每一支歌，講的每一個故事，他們聽來都是好的。他們崇拜我，崇拜，你懂不懂？」

小姨閃了淚花的眼睛忽然變得亮亮的，就彷彿我也變成了她的崇拜者了似的。

我看著小姨，總算明白她為什麼要一趟一趟地往「北邊」跑了。可還是不能明白，她的拒絕和我們有什麼關係？是怕遭我們的責怪？還是怕她的崇拜者進了城會像我們一樣不再對她崇拜？不管怎樣，小姨不再去「北邊」了，「拒絕」總還是一件好事。

這時，楊明他們大約等得著急，全都從飯店跑出來了。我拿紙巾替小姨擦掉臉上的淚痕，拉起小姨，迎了他們走去。我知道，這頓飯小姨一定還是會像以往一樣，搶了付錢的。

二〇一二年十一月二十八日

刊於《當代》二〇一三年第三期

回鄉

今天，我們到萬莊採摘園去。

他開車，我坐車。這樣他是喜歡的。若是相反，他會有點傷自尊。他這個人，是愈發地像個小孩子了。

車外一輛接一輛的汽車，看得人眼暈。想起當年騎自行車上班時，那蟻群般的自行車，也是叫人眼暈。如今，那成千上萬輛的自行車也不知哪裡去了，萬花筒似的，稍稍一轉，就換了成千上萬輛的汽車了。

我跟他一起學的開車。我的車感好，倒車、爬坡、過路障，都好過他，唯有最後的上路，竟遠遠地不如他了。是因為，對面一有車開過來，我就覺得人家是要撞上來，早早地就往人行道上躲。而他，像是巴不得對面有車，有車開過來他就不由得要加速，要迎了人家去了。這樣，他自是要超車的，一輛一輛地超，一輛一輛地迎，身邊的教練都常常要嚇出汗來了。

現在，我們當然都從容多了，但他超車的毛病還是沒改，他把前面的車視為障礙，不衝破障礙他心裡不痛快。我呢，躲車的毛病也還是沒改，離前面的車永遠不少於十米，倘若有車夾塞兒，會毫不猶豫地禮讓。對這類車，我總會生出恐怖的想像。
「你什麼時候能改改呢？」我說。明知他改不掉，我還是忍不住要說。
他不吱聲。
不吱聲就意味著你說的是廢話。每天，每天，我多半都在說著類似的廢話。他抽煙，飯後一支煙，睡前一支煙，開車前一支煙，下車後一支煙，無所事事時一支煙，忙了累了一支煙，這都是鐵定的，誰說也不肯改的。但我還是要說。說的結果，他是一支沒少抽，只從屋裡轉到陽臺上抽去了。他還喜歡排隊買便宜的東西，說不清是為了儉省，還是喜歡那東西，還是長長的排隊吸引他，不知不覺地，他的兩條腿就往那裡去了。和我一起時，我會拽了他，讓他的兩條腿跟我走；可到一個人時，他就管不住自個兒了，一大堆塑料袋包裹的東西，買回來往案臺上一放，白花花的，散發出混雜的難分辨的氣味兒。我一樣一樣地收拾著，嘴裡也開始著又一輪的廢話。常常說著說著回頭一看，背後空空的，那被說的人早不知哪裡去了……
「老楊，聽見了嗎？」我說。我不能容忍他的不吱聲，雖說大半輩子了他都這樣我還是不能容忍。
「聽見了。」
「聽見了你總得說點什麼。」
「有什麼好說的？」

「那你說，超車是好事還是壞事？」

「天天是這話，就不能換點別的？」

「只要你不改，我就天天說，月月說，年年說。」

「哼，又不是階級鬥爭。」

我便有些想笑，要他改正的頑念一下子瓦解了不少。我們的談話，多半便是這樣不了了之了。

也不知打哪天起，我就叫他老楊了。樓裡的小孩子也管他叫爺爺了。他只大我一歲，但還沒小孩子叫我奶奶。為此他有喜也有憂。我感覺他的喜占了大半，對我有好處的事，他從來是真心喜歡的。可我自個兒已開始緊張，就像一段撲朔迷離的距離，說不清哪會兒，距離的盡頭就到了。那像是段強加於身的距離，跟自個兒壓根兒沒關係似的。

立秋已很有些天了，車裡卻還是離不開空調。車窗關閉得緊緊的，窗膜就如同隱身衣，讓人有一種舒適、安全感。我看到窗外騎自行車、電動車的人，一個一個地閃過去，男的，女的，老的，少的，帶孩子的，帶東西的……。一個與我年齡相仿的女人，好像車鏈子掉了，彎腰查看，摸了一手的油。她就那麼乍了一隻手（搣手，形容無助的樣子），無助地站著，滿頭、滿身的汗水，後背的衣服都塌濕了。她的車筐裡，五顏六色的蔬菜擠擠攘攘地探出頭來……。我想起自個兒也有過這難堪，因此他才最後下了買車的決心。如今騎自行車的人，吸汽車的尾氣不算，還要躲閃與行人爭道的汽車，也實在騎不得了。這車不過十幾萬元，卻是我們的全部積蓄。這對他一個儉省慣了的人，是需要咬咬牙的。當然他也是喜歡汽車的，原來他開火車，汽車比火車還小不少，他自是不甘心只做個旁觀者。可空氣一天比一天差起來了，誰都知道這跟汽車尾氣有關，汽車尾氣又跟權、錢有關，老楊他也知道，但他有時站在窗前，看到馬路上一輛挨一輛排了長隊的汽車，就彷彿看到超市裡人們的排隊一樣，兩條腿便不由自主地走動起來了……

萬莊在城東五十公里的地方，那裡有大片的果園，還有紅薯、花生、毛豆等等。據說萬莊的土地沒分給個人，一直還吃著大鍋飯，改革開放都三十多年了，萬莊人仍然是集體勞動，集體享用勞動的果實。

我對萬莊沒什麼興趣，他說過多次，我總是搖頭。我從小就是在那樣的村莊長大的，一直長到近三十歲，才跳出火坑嫁給了城市裡長大的他。每說到火坑，他總是一臉的麻木，毫不為之所動，因為我也曾把他所在的城市叫做火坑。這一回，是我看出他太想去了，那萬莊的梨園都進到他的夢裡了，說一個挨一個的黃梨吊在樹枝上，直打他的腦袋。我便只好說：「就跟你跳一回火坑去吧。」

自打買了這車，我們已經有過許多次的出行了，或遠或近，或鄉村或城市，或山區或水鄉，雖沒有太多的驚喜，卻也其樂融融。我喜歡坐在車裡看車外的感覺，何況是坐行上百里、上千里呢。可去這萬莊，我怎麼也難高興起來，看著窗外，莫名地會有瞬間的心煩；偶爾在十字路口處，什麼影子「嗖」地一閃，窗縫便插上來一張名片，明知是假發票廣告的散發者，心裡還是會吃一驚，彷彿處在了難料的危險之中。

我轉過臉看老楊，見他的頭髮好像又白了不少，臉上也多了幾分粗糙。他從不用護髮素什麼的，臉上也不抹護膚霜，說那都是女人用的，男人塗來塗去的像什麼話。有一天我翻到一張他年輕時的照片，瞬間還以為是哪個不相干的人的，白淨，俊氣，一頭的黑髮……。待終於明白過來，還是不能把照片上的人和跟前的老楊聯繫起來。

我說：「老楊，那瓶大寶快要過期了。」

他說：「給兒子吧。」

我說：「兒子才不用大寶呢，人家用的是蘭蔻。」

兒子在北京工作，他不用大寶不是不想用，是他的老闆和員工都不用。現在一個老闆的權力，不知為什麼常讓我想起過去時代的生產隊長。

他說：「那就給大哥。」

我說：「是我給你買的。」

他說：「早說過我不用那玩意兒。」

我說：「有空也照照鏡子，看那臉還能要不？」

正在十字路口處，黃燈已開始閃了，他一加油門，車就越出白線，緊隨前面的車去了。

我終於急道：「又搶了，又搶了，你就不能不搶啊？」

我知道，說了也是白說，急了也是白急，可我還是忍不住要說，忍不住要急。

車子駛出市區了，視野漸漸地開闊起來，近的樹木，遠的莊稼，總不像高樓大廈那麼擋得慌了。可馬路沒顯出寬來，車輛也沒顯出少來，特別是又高又長的貨車，也不知打哪兒冒出來的，前後左右幾乎都能見著它了。貨車司機居高臨下地看著我們，就像一隻大象看一隻蝸牛。這時的老楊倒是來了精神，他可以名正言順地超車了，驕車當然是不能甘於貨車之後的。超過一輛，於他就好比打敗了一個敵人吧。可有時這「敵人」也不是好惹的，它們雙雙地擋在兩條道上，好半天也不肯閃開。它們「突突突」地噴發著尾氣，尾氣是黑色的，升到空中，使本就藏在雲後的太陽愈發地不敢出來了。空氣灰濛濛的，路兩邊的樹葉子、莊稼葉子都不那麼清爽了，藍底白字的路標也不那麼醒目了，就連環衛工人鮮亮的工作服都須走近了才能看見了……。唉，亂糟糟，亂糟糟啊。

老楊在大車之間左左右右地穿行著，我盼他早早地突圍出去，卻又不喜歡他那股勁兒。他像是在亂糟糟的路況中變得暴躁、粗野了，前傾的腦袋就像時時準備著要跟人決鬥一樣，有時，嘴裡竟會意外地甩出句髒話來。我冷眼瞧著他，並不認為是那黑煙和高高在上的司機逼出來的，反感覺他的情緒裡，有幾絲不易察覺的興奮和得意，也許，他巴不得有這機會罵一罵人呢。

終於，從大車堆裡突圍出來了，周圍顯得清爽了許多。雖是暫時的，我還是長長地舒了口氣。這一回，我沒因他的粗野再說「廢話」，反而久久地沉默著。

他側臉看看我。隔一會兒，又側臉看看我。我目光朝了前方，嘴巴閉得緊緊的。

我聽到他說：「生氣了，又生氣了。」

聽不到應答，他又說：「還真生氣了？」

他就是這樣，我說話的時候他不肯聽，不說話了他又著起慌來。

我自是不大高興，他明知我不喜歡聽髒話的。他還知道我不喜歡聽髒話是因為年輕時挨過一個生產隊長的辱罵。他大概覺得這是太久的事了，早已不算什麼了，一個人長到六十歲，沒挨過罵才是怪事。

我聽到他說：「那些髒話擱在肚子裡會長成瘡的，得把它們扔出去。」

他又說：「如今出門就是不講理的事，誰還不罵個髒話。」

我說：「我最恨的就是罵了人還有堂而皇之的理由。」

我想起那個貧農出身的生產隊長，每天有上百個理由辱罵勞動中的社員，鋤掉了一棵苗或是留下了一棵草，幹慢了或是幹快了，幹活兒的時候唱歌了或是話多了……，不僅因為勞動，還因為出身。母親由於出身富農，就成為他第一個批鬥的目標。母親站在一圈人中間，一圈人想罵什麼就罵什麼。因為他們有比勞動中的失誤更剛硬的理由，那理由來自國家統一的不可違抗的指令。母親的事我從沒跟他提起過，不是不想，是說出來好像要費太大的勁兒；就像連根拔起一棵莊稼，地要濕潤，土要鬆軟，手還要有力氣，不然莊稼會拔斷，手也會傷著的。

他說：「你呀，這輩子最受不了你的，就是小題大做了。」

我說：「老楊，你以為我是小題大做？」

他聽出了我的鄭重，趕緊偃旗息鼓說：「不以為，我沒以為，是我大題小做了。」

我便也不再說什麼。

但心裡，卻有一種莫名的痛。這痛在身體裡不知不覺地擴散著，漸漸地，擴散到了身體的表面，臉有些發熱，一雙手卻又冰涼，想抓住點什麼又實在沒東西好抓……

老楊看一看我，悄沒聲地打開了音樂。是一首憂鬱的大提琴曲，我最愛聽的。對音樂他說不上喜歡，也說不上反感，我聽他就隨了聽，我不聽他也從想不起。現在，他竟想起了大提琴曲，我便以長長的一口嘆氣做了回應。

在我們終於到達萬莊的時候，我的第一個感覺，就是我們車裡的音樂和萬莊的音樂太不和諧了，萬莊的大喇叭裡播放的是明快、簡單的〈社會主義好〉的歌曲，那雄糾糾的氣勢，一下子就把大提琴壓過去了。好在老楊知趣地關了「大提琴」，在〈社會主義好〉的旋律中向萬莊的採摘園駛去。

採摘園在萬莊的村東，我們從村西先經過萬莊，然後經過大片的玉米地，再經過大片的棉花地，便看見那採摘的進口處了。

萬莊村裡沒留下太深印象，不過是普通的北方村莊罷了，平頂的房屋，寬大的門洞，沒有樹木的灰禿禿的街道，街道中心一兩家賣食品或賣百貨的鋪子。街上人很少，偶爾碰上一個，也是低了頭匆匆行走的樣子。好容易抓住一個多說了幾句，才知那人是某生產隊的保管員兼出納。我告訴他，我也曾幹過生產隊的保管員兼出納，是個費心費力還遭人嫉妒的活兒。他眼睛一亮說：「就是，就是，一沾錢物人們想法就多，這差事啊，非得找那跟錢物不親的人幹才行。」言外之意，他便是跟錢物不親的人了。他已是五六十歲的樣子，而我幹時只有二十來歲，不過只幹了半年，就因為母親的出身被另外的人頂替了。我看了他想，我就是個跟錢物不親的人，那半年裡，倉庫裡保存的花生種子，我一顆都沒吃過。

離開那人，老楊問我：「你當過保管兼出納？」

我說：「是啊。」

他說：「怎麼沒聽你說過？」

我說：「你沒聽說的多了。不過你的事，我沒聽說的也多了。」

他說：「你想聽什麼，我講。」

我說：「不必。」

一些事，也許只有兩人共同經歷或熟悉的，才有興致聽或說吧。這麼想著，我的心思仍在那人身上，感覺他就像四十年前頂替我的那個人物，平頭，粗短的身材，一雙腳有些內八字，走起路來腿之間能越過一條狗去……

那片玉米地緊挨了村子，給人的感覺萬莊人依然是靠地吃飯，不像時下的許多村莊，出村就是高高的腳手架和圈起的田地，為了鄉村城鎮化幾乎是有點誇張地折騰著。

這是一條長長的土路，坐在車上晃晃悠悠的。兩邊的玉米棵子高高地挺立著，就像威嚴的被檢閱著的士兵。走啊走，好半天也走不出這綠森森的世界。正有些急，就見從玉米地裡走出來十幾個提了鋤頭的漢子，往地頭上一坐，你遞支煙、我點個火的，抽起煙來了。

這情景是太熟悉了，不就是勞動中的放歇麼，前晌一歇，後晌一歇，再苛刻的生產隊長也不能壞了這規矩的。那時候，我們一下地就盼著這一歇，就像盼著天大的解放一樣。因為幾十號甚至上百號人在一起勞動太緊張了，誰都想拔個尖給人看，誰都不想讓隊長逮著辱罵的機會。只要一說放歇，隊長他就等於下崗了，沒一個人肯再看他的臉色了。

我讓老楊把車停下來，隔了窗跟放歇的人說了會兒話。

我說：「你們是在放歇吧？」

就像是對上了行話，他們立刻眉開眼笑起來，說：「是啊，是啊，你是……」

我說：「早先我也是生產隊的。」

他們說：「噢，老前輩到了啊。」

我說：「是啊，那會兒你們約莫還沒上小學呢。」

他們說：「那如今你是……？」
我說：「退休了。」
他們說：「退休了好啊，省得聽旁人的了。」
我說：「如今還是要聽生產隊長的？」
他們說：「是啊，誰讓人家有權呢。」
我說：「好省心啊。」
他們說：「想費心人家也不幹啊。」
我說：「你們，其實是想自個兒幹的？」
他們說：「唉，平頭百姓，想也是白想。」
我說：「收入咋樣？」
他們說：「不咋樣，跟物價漲勢沒法比，這村的後生媳婦都快娶不起了。」
我說：「那還等什麼呢？」
這時，我覺出老楊在背後直捅我，我卻有些不管不顧的，說：「再不分，這輩子可就沒機會聽自個兒的了。」
我說得有些認真，他們便呵呵地笑起來。這一笑，我便知他們是不認真的了。我想起從前生產隊總有一夥這樣的人，喜歡發發牢騷，說說風涼話，卻甭指望他們幹成任何事情。

我還想說點什麼，車卻開動了，很快就拉開了和他們的距離，只剩了和他們招招手的機會了。
我說：「我說錯什麼了？」
他說：「你沒說錯，可沒必要。」
我說：「我知道沒必要，可就是想說。」
他說：「你想說不是分不分的事，是因為親近吧。」
我詫異道：「跟誰親近，跟他們？」
他說：「這些年，你跟陌生人還從沒這麼熱情過。」
我看著他，吃驚著他的敏感。我一向認為他對任何事都是漫不經心甚至是遲鈍的。可他說的「親近」，是我自個兒也沒意識到的。我可不想認為我跟這些人有什麼親近，可自個兒的熱情，又是打哪兒來的呢？

再往前走，便是那片棉花地了。棉花棵子長得足有一人高，葉子綠得發黑，枝條們旺盛地伸展著，若有什麼人走進去，一準兒會被吞沒的。

車窗被我打得大開，看不見一個人影，卻又分明有隱約的女人的笑聲。棉花地是屬女人的，或者說女人是屬棉花地的，鋤草、噴藥、掐尖、打杈、摘花，哪一樣都是女人來幹的，偶爾有男的加入，也顯得笨手笨腳的，會猛遭女人們的恥笑……。卻有一個遭女人恥笑過的男人，有一天用他的嘴皮子把女人們征服了，他講《紅樓夢》，講《聊齋志異》，專講裡面的女人，一天講一個，講到林黛玉的死時，他在我心裡卻活起來了，一天到晚耳邊都是他的聲音，想不聽都不行了。直到有一天，他替代原來的生產隊長也開始一個人說了算了，我才心驚地發現他也是個會罵人的，肚子裡除了林黛玉還裝了更多的髒話……

老楊堅持說沒聽到什麼聲音，他懷疑我出現了幻聽，他甚至說我有點不對勁，面色蒼白，眼神呆滯……。沒等他說完，我就往棉花地裡一指，欣喜地叫道：「看，那是什麼？」

就見遠遠的地方，有女人的腦袋從綠色中露出來，有的戴了草帽，有的紮了頭巾，有的則是烏黑的髮辮。她們大約是在掰棉花杈吧，身子彎得太久了，需要站起來伸一伸懶腰了。

可奇怪的是，老楊還是堅持說什麼都沒有，既沒有聲音也沒有什麼女人。我有些生氣地讓他停下車，自個兒開門跳了下去。他說：「你要幹什麼？」我沒理他，兀自往棉花地裡走，那群女人吸引著我，我要與她們攀談，也要證明我是對的，他是錯的。

走在棉花棵子之間，才知自己的個子好像矮了不少，那時是可以露出頭頂的，現在卻只看得見眼前密不透風的枝葉和灰濛濛的天空。我就這麼深一腳、淺一腳地往裡走，腳下是鬆軟的土地，泥土混雜了綠葉的味道，是一種久違的難以言說的香氣……。我不由得停下來，覺得這香氣裡像是還有點什麼的，嗅啊嗅，想啊想，忽然明白了，香氣裡原來含了太多的人氣呢！女人們率真的笑聲，那個講故事的男人的聲音，還有，一種羞答答的喜悅和甜蜜……。那時候，每天下半晌，一個叫楊和平的年輕人就在地頭上等她了。他騎了輛飛鴿牌自行車，一身藍色路服（專為鐵路人員製作的制服），鈕扣是鮮亮的金黃色。他的自行車鈴只響一聲，但足以令她驚心動魄了，她便在女人們的哄笑聲中不管不顧地朝地頭兒跑。太陽落山才能下工，但他來的時候太陽離山頂總還有一拃（張開大姆指和小指的距離）距離。女人們說小心扣你的工分啊，那個講故事的男人說：「你要錯過一個好故事了啊。」她卻頭都不回一下，工分、故事，比起她的楊和平，就什麼什麼都不是了。有一回碰上生產隊長，他往地裡走，她往地外走，他問她去幹什麼，她說有人等她。他說：「是那個鐵路的嗎？」她說：「是。」他說：「那就叫他等，這會兒工夫都等不了還搞雞巴什麼對象？」她不再理他，轉身就走。他說：「你敢走，扣你一天的工分！」她說：「你隨便。」他說：「媽拉個X，你娘反革命，你也想反革命啊？」她回過頭看了他，說：「你再說一遍。」他說：「再說一遍咋了，你心思不往社會主義集體上使，天天他媽的搞資產階級男女關係，我一句話，你就得在社員會上做檢查！」她把嘴唇咬了又咬，忽然彎下腰抓把土，準確地打在了他的臉上……。在這之前她可是萬萬不敢的，有了楊和平她彷彿有點膽大包天了，什麼什麼都不怕了。就這麼，她不管不顧地等他，他也不管不顧地來接她，接她到二十里外的他家所在的城市看場電影，然後再把她送回村。她整整掰了一星期的棉花杈子，他就往村裡跑了一星期，她坐在他的自行車上，腦袋貼在他的後背上，那份幸福，那份心無他顧啊！他是在外地跑車，回來休探親假的。杈子掰完了，他的探親假也休完了，那片棉花地，就像是他們戀愛的一個見證呢。可多少年後，提起棉花地，楊和平卻沒一點印象了，他說村口的果園倒是記得，好像他送她回來，他們總在果園邊上告別。那時正是樹上掛滿梨子的時候，他太想體驗一下摘梨子的感覺了，可她不提，他到底也沒好意思說出來……。而她這裡，刻骨銘心的卻是隊長扣了她整整一星期的工分，還要開她的批判會，要不是所有的姑娘、媳婦都站在她這一邊，隊長還真就得逞了。姑娘、媳婦們說：「人這輩子不就搞一回對象，誰那時候不是糊塗的，就饒了她吧。」據說隊長老婆都跟隊長說這話了。那時的她卻堅持說：「我沒糊塗。」女人們說：「還不是哄他的話？誰讓人家管著咱呢。」即便這樣，那以後她也再沒理過隊長，她暗下決心，以不跟他再說一句話作為對他辱罵的懲罰。當然，她也為此付出了代價：派給她的活兒總是又髒又累，多少次到城市打工的機會都因他拒絕開證明信而泡湯，她的工分也多少次無緣無故地被扣罰。即便這樣，她仍執拗地堅持著，不看他，不理他，無視他的存在。直到有人替代了他的生產隊長，直到他後來得腦中風，自個兒先失去了說話能力……

我在一人高的棉花地裡走啊走，早已看不見老楊的身影了。漸漸地，對面的地頭兒都能望見了，那裡有一座機井，機井周圍有幾棵粗大的楊樹。可就是看不見女人們的身影，她們的笑聲也奇怪地消失了。我心想，怪事，莫非真是幻覺？

我沒耐心再往前走，只好原路返回。途中我聽到了響亮的汽車喇叭聲，一聲接一聲的，無疑是老楊著急了。我想到了當年那個叫楊和平的青年，他摁的是自行車鈴，只是一聲，卻足以令我驚心動魄了。不知為什麼，我鼻子一酸，眼淚「嘩嘩」地流了下來。摁汽車喇叭的老楊，和摁自行車鈴的楊和平當然是同一個人，可是，他們當真是同一個人麼？

萬莊的採摘園裡有不少的採摘項目，葡萄、蘋果、鴨梨、花生、毛豆、紅薯……，它們的價格都高得嚇人，能超過市場價的二到三倍。一向儉省的老楊，在這裡卻像換了個人，葡萄要摘，蘋果要摘，鴨梨要摘，就連花生、紅薯，也拿起钁頭興致勃勃地刨了一份。我有些不以為然地隨他去了這裡又去那裡的，覺得他到底是城市人，來到鄉村，什麼都稀罕，什麼都變成好的了，喜歡的樣子簡直有點誇張，就像有意要在寬厚的村人面前撒一撒嬌作一作態似的。事實上如今的村人哪裡還有寬厚？高得驚人的定價，還要加上每人二十元的門票，哪裡還有寬厚啊！

梨園是我們最後光顧的地方。進口處是個四五十歲的女人把守。她戴了頂草帽，臉色稍黑，牙齒很白，眼睛很亮。我們把門票給她看，她瞟了一眼就放我們進去了，人也沒跟進來。不像前幾處，總有個人相跟著，生怕你有什麼破壞的舉動。

真走進梨園，來到梨樹下，才知梨樹真大，一棵樹的枝葉真多，就像一個人挑了數不清的擔子，人不高，擔子卻重得驚人，每一個枝頭，都掛了數不清的金鐘一樣的梨子。從枝頭下走過，當真是要被打到腦袋的。

我看到老楊不去摘梨，只仰了腦袋傻瓜一樣地樂。繼而過癮似的在樹下來來回回地走動，有意讓梨子敲打著他的腦袋……

我說：「老楊，做夢呢？」
他說：「是啊，跟我夢見的一模一樣。」
我說：「好，夢想變成了現實了。」
他示意我別吱聲，想起了什麼似的停下來，鼻子急促地抽動了幾下。
我問：「怎麼了？」
他說：「好熟悉的一種味兒。」
我說：「什麼味兒？」
他說：「梨園的味兒。」
我說：「廢話。」
他說：「不是這個梨園的味兒。」
我說：「梨園的味兒還不都一樣？」
他忽然一拍腦袋，說：「想起來了，你們村的梨園！」
我說：「我們村梨園早沒了。豈止梨園，村子都沒了，變成一片高樓大廈了。」
他說：「知道早沒了。是過去的梨園，記得不？我送你回家……」
他又提起送我回家的事。我當然記得，每回送到村口的梨園，他都像個貪婪的孩子，要吻我一口才肯離開……，可他卻不記得那塊棉花地了。我便說：「不記得了。」

他說：「怎麼會不記得？你怎麼會不記得呢？」
我說：「就是不記得了。」
他說：「梨園的味道還是你先說的呢。」
我說：「怎麼可能？」
他說：「你在一封信裡說的，一下就把我對梨園的感覺說中了。」
我茫然地回想著，卻怎麼也想不起來了。那時候我們身居兩地，互通的信件是很多的，誰記得哪封信裡說到了梨園呢？不過說起信，倒讓我想起我們那些年的不易了，自從和我認識之後，他開始千方百計地做一件事，就是從千里之外的一個城市調回到我身邊。這事他歷經艱難，一直堅持不懈地做了八年。八年中的種種阻力他很少說起，就像村裡的種種不如意我也很少說起一樣。後來終於調動成功來到我身邊的時候，我竟意外地發現，他有時也會罵一罵髒話了。有一回他解釋說：「是讓那些權力在握的人逼的。」我不容置疑地回應他說：「我也被那些人逼過。」
我說：「是信讓你記住了味道呢，還是味道讓你記住了信呢？」
他說：「都有。可惜信找不到了，肯定是有這麼一封信的。」
這些年，我們不知搬了多少次家，先是住在市郊的我家，後又搬到城市的他家，後又搬到我城市的家（我在城市找到一份工作，並分了房子），後又共同買了屬我們兩人的房子。那些信，不知怎麼就見不到了，好像它們自知已完成了使命，自個兒就悄悄地離開了。抑或是，我們只顧了當下的日子，生養孩子，照顧老人，打拚工作，應對人事，而有意無意地將它們丟棄掉了？

他說：「知道不？你嘴裡也有股梨園味兒。」

我怔了一下，說：「夢還沒醒呢？」

他說：「是那時候的你。」

我們已有很多年不知對方嘴裡的味道了。但即便是那時候，也從沒聽他說起過。奇怪的是，我的臉竟有些發熱，不自覺地轉過臉，以摘梨子來掩飾自個兒不該再有的窘迫感。

好在，這時不知從哪裡有歌聲傳過來，是一段老舊的歌曲：

金瓶似的小山，山上雖然沒有寺，美麗的風景已夠我留戀。
明鏡似的西海，海上雖然沒有龍，碧綠的海水已夠我喜歡。
東方那邊的金太陽，雖然上山又下山，你給我的溫暖卻永在我身邊……

我終於聽出是從梨園安設的音箱裡傳出來的，它也許是作為紅色歌曲播放的，可卻是我青少年時期的最愛。楊和平那時也知道的，因為我曾無數次地為他小聲哼唱過。

正當我摘下一個鴨梨，轉身要遞給老楊的時候，卻驚愕地發現，老楊竟伴隨了歌曲手舞足蹈起來了！

老楊是一個唱歌就跑調的人，他的節奏感也不敢叫人恭維，可眼下，他竟以他老邁的身體、笨拙的姿式跳得激情澎湃，跳得自由自在、無拘無束。

我看著，眼睛不由得有些濕潤。我扔下梨子，也情不自禁地加入了進去。梨樹間的趟子平坦而又寬闊，趟子裡鋪滿了樹葉、雜草，我們舞在上面，發出「沙沙」的有節奏的聲響。

我的加入，倒使老楊有些不好意思了，他沒跳一會兒就停下來，看我一個人跳，他說：「這輩子，跳舞、唱歌是趕不上你了。」

我說：「那就等下輩子。」

他說：「好，就等下輩子！」

我想起我們爭吵的時候都似曾說過：「下輩子死也不會跟你做夫妻了……」我不由得十分地想笑，終於忍不住笑出了聲來，終於笑得舞蹈也停了，只剩了「咯咯」的抑制不住的笑了。

他說：「你笑什麼？」

我不答，仍是笑。

他說：「笑我下輩子仍不如你？」

我笑得更歡了，眼淚都要流出來了。

他不再理我，開始仰起腦袋，抬起雙手，選摘中意的梨子。

我最愛的歌曲結束了，接下來是一首雄糾糾、氣昂昂的〈颯爽英姿五尺槍〉。我停了笑，將目光也投向了樹上。

我們各自只摘了十個鴨梨，但已是相當滿意。我忽然感到，這最後的梨園之舞，才更該算作此行的意義吧。

那個臉色稍黑、眼睛發亮的女人在出口處迎著我們，她露出雪白的牙齒表現著她的熱情和親切。這使我又忍不住和她聊了一會兒，有一刻我甚至把她當作了我早已過世了的母親。我奇怪著這不該有的顛倒，我的年齡比她幾乎要大出十幾歲呢。

我們終於滿載採摘的收穫，離開了萬莊。

坐在返程的車上，我把對那女人的感覺告訴老楊。老楊說：「你這哪是去採摘？你是回鄉呢。」

我不由得吃了一驚，那個生我、養我的鄉村如今已經不在了，莫非我是在想念它麼，那個曾被我叫做火坑的地方？

老楊又說：「其實我也是在回鄉。」

我說：「你回什麼鄉？」

老楊說：「回你的鄉，就想起我的鄉來了。」

他一副少有的若有所思的模樣。我看著他，想不到他竟可以說出這話的。是啊，哪個人的心裡，沒有一個屬於自己的家鄉呢？

一路上，路還是那麼寬，車還是那麼多，老楊卻沒再罵一句髒話。我的「廢話」也少了許多。我們更多地在談論著萬莊的前景，他認為萬莊的集體模式不會堅持多久了，因為幹活兒的人中已看不到一個年輕人。可我卻堅持說：「外出的年輕人早晚會回來的，萬莊會永遠有一批上了年歲的人來經營，因為如今的年輕人，除了權力相逼還有金錢相逼，他們在這境況下很難堅持到老。只要他們回來，只要有棉花地，有梨園，有集體的耕地，我們就不愁沒個著落。」他問我：「什麼著落？」我一時有些發怔，脫口說道：「青春，青春的著落。」我心想，沒錯，我們這代人的青春，不都是在那種地方度過的？但我內心深處好像還有個聲音在說：「物轉星移，一切都不過是曇花一現吧……」在談論著這些的時候，我看著老楊那隻右手熟練地掛檔、換檔，手腳的配合和諧而又流暢。一瞬間，我忽然發現，他右手的食指和中指有淺淺的黃色，那是與他第一次見面我就發現過的顏色，一個抽煙人的手指必有的顏色。可此刻，我卻透過手指，依稀看到了當年的楊和平的影子……

二〇一五年四月十一日

刊於《人民文學》二〇一五年第九期

旅伴們

我和三三之間坐了個胖壯的女人，她的臉比三三黑了許多，頭髮卻比三三白了不少。後來知道，她比三三還小一歲，但看上去像比三三大了十歲。

我把挨窗的位子讓給了三三，她頭一回坐飛機。她是個習慣替別人著想的人，我生怕她謙讓推託，結果沒有，她答應得十分爽快。

胖壯的女人說她其實只胖不壯，她患有糖尿病，不能吃甜食。緊接著空姐就端了糖果盤子到跟前了，我看到她胖胖的手伸進盤子，狠狠抓了一把。空姐仍微笑著，訓練有素的樣子。我忍不住說：「你不是不能吃甜的嗎？」她倒問我：「你咋不要？不收費的。」眼看著空姐往另一排去了，她著急道：「快快快，還來得及！」我沒理她。一飛機上的人，都懂得用食指和拇指節制地拿起一塊，為什麼她就不懂？其實我是極愛吃糖的，可因為她我偏就拒絕了。她竟還不知好歹地問我：「你是不是血糖也高？」我看到她一塊沒吃，將一把花花綠綠的糖塊全都裝進了她掛在胸前的一個帆布包包裡。包包是土兮兮的顏色，她衣服的顏色也有些相近，花衣花褲，就像趕飛機沒來得及換衣服，穿了身睡衣睡褲就從家裡跑出來了。我看到她從包包裡拿出塊沾滿芝麻的薄餅，三口兩口吞進了嘴裡，她說：「沒辦法，總是餓，又總不敢多吃。」我想起一位一直嚮往歐洲的女友，只因不能吃甜食而難成行，便故意說道：「歐洲可是頓頓離不開甜食。」她說：「知道。」我說：「知道幹麼還要來呢？」我突兀的問話使她瞪大眼睛看了我一會兒，眼下的兩串眼袋開始撲撲地跳動，她說：「來不來的，跟你有關係嗎？」

後來，我一直在看前座椅背上的屏幕，那是一部美國電影《女人香》（又譯《聞香識女人》），沒有中文字幕，但我熟知裡面的故事，一節勝似一節，看得津津有味。我聽到胖女人說：「哪哪都是外國話，我才不稀罕看。」這話她是對三三說的。她捅了三三一下，三三只回頭朝她笑了笑，就又轉頭望向窗外了。我不由得暗笑，猜她是沒學會屏幕的操作。剛坐下來時我曾教過她，估計她轉身就忘記了，這樣的老太是太多了。

我看到三三一直面向窗外，不理會空姐的糖果，也不理會我和胖女人，彷彿靈魂都被窗外的美勾了去了。記得我頭一回坐飛機也這樣，那雲層是太美了，就像藍色湖面上散裂開的冰塊，又像無數個仙女要下凡了，預先拋出去的供她們次第站立的銀毯。

三三是齊耳短髮，嬌小的身材，從身後看仍是當年做姑娘時的樣子。我一直奇怪，三三今年已經六十歲了，她這樣的人，怎麼能跟六十歲連在一起呢？我這麼說的時候，三三就說：「誰讓你一年年地長呢，要是你停在二十歲上，我不就還是十八歲啊。」說著她便笑了，一雙眼睛彎彎的，白皙的臉乾乾淨淨，不見皺紋，不見斑點。她身前的屏幕也黑著，估計她也是不會操作的，但她的不會操作和胖老太的不會操作在我這裡，可是千差萬別的感覺呢！

我們的導遊就在前排，她一頭淺棕色燙髮，深眼窩，高鼻樑，白面龐，再配上兩條長腿，看上去就像個外國姑娘。但她一口的北京話，張口就是「叔叔、阿姨」，還說她媽媽的年齡就是叔叔、阿姨們的年齡。一聽就是北京長大的，每一口氣裡都透了中國味兒。一個打扮洋範兒、待人接物又特國範兒的人，這群六七十歲的老頭兒、老太太沒辦法不喜歡她，因為現在的年輕人洋範兒打扮的不少，懂事的卻不多，馬路上摔倒了幫扶的人都沒有了。當然也怪老年人裡有不懂事的。想想也怪可怕，若是老年人、年輕人一齊不懂事起來，這世界會成什麼樣子？

空姐又來送飲料了，我要了杯橙汁，胖老太要了杯白水。空姐推車要走時，她忽然問人家：「能不能再來一杯？」人家先沒聽懂，她比劃了又比劃的，後來還是前排的導遊替她翻譯成英語，人家才又倒了一杯給她。就看她只喝了半杯，剩下的一杯半全被她倒進了一隻塑料杯子裡。那杯子可真大，足足十杯水也能裝下。茶色的身子，身子上套了半截彩色棉線織的網兜。我忽然覺得這杯子有點面熟，登機時安檢人員曾將它扣下，「咕咚、咕咚」將裡面的水往垃圾桶裡倒了半天。當時大家不由得都笑了，這得是多能喝水的人啊。呵呵，原來這杯子的主人是胖老太啊！

胖老太倒水的時候，我發現她的一雙胖腳已脫開鞋子，踩在一張外文報紙上。報紙顯然是從椅背上的袋子裡抽出來的，那裡還有拖鞋、雜誌、耳機、濕紙巾、護膚霜什麼的，我曾看見她翻了個遍，最後將拖鞋、濕紙巾、護膚霜迫不及待地裝進了自個兒包包裡。我說：「不是有拖鞋嗎，報紙踩到腳下，別人還咋看啊？」她顯然沒想到這事還會有人說她，怔一怔說：「別人，這座位還有別人嗎？」我說：「有啊，下趟航班。」我又說：「即便沒有，文字的東西也不該踩在腳下。」她臉色難看地說：「怕什麼？又沒有毛主席像。」她大約覺得我是有意挑釁，就又說：「就算有，也不是文革那會兒了。」我說：「哪會兒也不能這麼對待報紙。」她說：「如今不是講以人為本嗎，是人重要還是一張報紙重要？」我說：「一個人要是踩在一張報紙上才舒坦，那這個人也許還沒那張報紙重要。」她說：「你，你汙辱人！」我正想說什麼，就見這時已回過頭來的三三忽然解開安全帶，彎下身子，伸手就將報紙從胖老太腳下抽了出來，快捷得讓我和胖老太都怔住了。

胖老太急道：「你要幹麼？」

三三將報紙放進椅背上的袋子裡，不容置疑地說：「上面有主。」

胖老太說：「什麼主？」

三三一時沒答上來。

胖老太不由冷笑道：「是耶穌吧，一個外國人，跟咱中國人有什麼關係？」

三三的臉一下漲紅起來。

三三顯然是不習慣跟人爭吵的，她轉過身，再次讓自己面向了窗外。

這時，我真太想幫一幫三三了，太想把胖老太打個落花流水了，可我一句話都想不出來。因為我一點不信耶穌，我也沒想到三三如今已是耶穌的信徒！怪不得她三番五次打電話要跟我來歐洲呢，這樣一個平時很少跟我聯繫的人，這樣一個中國城市都沒去過幾個的人啊！

後來胖老太要求前排的導遊來做評判，誰知給大家留下好印象的導遊這會兒卻連眼睛都懶得睜一睜了，她睡眼惺忪地回頭看看我們，說：「多大點事，下飛機再說吧。」胖老太說：「陳導你就說一句話，是人重要還是一張報紙重要？」導遊說：「阿姨您能不能小點聲？人重要不是您一個人重要，是所有的人都重要，您可影響到別人了。」說完導遊就又轉回身閉上了眼睛。

導遊姓陳，大家都「小陳兒，小陳兒」地叫她。她一出現時就說過：「叫我小陳兒也好，陳隊也好，就是別叫我陳導，叫來叫去叫倒了可就晚了。」她這話不是開玩笑，說的時候一本正經的。可胖老太偏偏就叫了。這叫法也許不至於令她計較，但她的批評對胖老太卻著實是個打擊，因為自那以後直至下飛機，胖老太都沒再說一句話。

我在手機裡看了下這旅遊團的微信群，其中一個頭像十分顯眼，灰白的頭髮，黑胖的一張臉，笑得沒心沒肺的樣子。她的名字叫魯小白。我不由暗笑了好一會兒，胖老太，魯小白，這名字起的，哪兒跟哪兒呀！

我們到歐洲的第一個城市是法蘭克福。晚上九點下的飛機，機場沒多少人，唯一熱鬧的就是陽光，它把機場上的飛機照得銀光閃閃，其中一架有五星紅旗的大型客機引起大家一陣小小的雀躍。我在其中也有些興奮，不是因為五星紅旗，是想到北京的晚上九點，已是滿天星斗，而法蘭克福的晚上九點卻依然如此地充滿陽光。我當然明白地理位置的原理，但不知為什麼還是充滿新奇，彷彿中國、德國的分別不在地理位置，而全在這晚間的九點鐘上。

接我們去往旅店的是一輛米黃色大客車，車司機是個圓臉龐、大眼睛的波蘭人。導遊說，在歐洲為旅遊團開車的多是波蘭人，波蘭國家窮，人工費要價低。有人就說導遊，小心人家聽見。導遊說：「沒事，聽見他也聽不懂。」大家便開心地笑起來。一車的人唯有那個被蒙在鼓裡的波蘭司機沒笑。不過到旅店待分配房間的工夫，就有人拉了波蘭司機照起相來。也不說什麼，往人家身旁一站就擺姿勢，照完了還跟不認識人家一樣。那司機倒也不拒絕，讓照就照，很友好、憨厚的樣子。有人就說，到底是歐洲人，有股傻勁兒。大家就又是一陣開心的笑。

這旅店不大，房間、電梯也是小的，電梯上連同行李箱，只能站下三個人。我和三三和胖老太一組上去的，胖老太的行李箱超大，只她和行李箱就占了電梯的一半。她被分到和一個叫李麥的老太一屋，那個李麥好像希望調換房間，正在下面和導遊交涉。我和三三聽到胖老太說：「哼，調換，以為在你們家呢，都活到這歲數了，還沒學會懂事。」我們站在剛夠立足的電梯裡，聽著胖老太毫不忌諱的嘮叨，好像我們是她的同黨一樣。我和三三都沒吱聲，只是三三的表情是平和的，我對胖老太卻是一臉的不屑。

我和三三自然住一個房間。房間小巧玲瓏，潔淨無比，且是衛生間、小廚房、小餐廳、小陽臺樣樣俱全。我和三三顧不得收拾行李，先跑到陽臺上看呀看的看了個夠。近處不過是一片草坪，草坪外是條馬路，馬路上跑了各樣的汽車。再往遠處，可見一片鬱鬱蔥蔥的樹木，樹木裡掩映了一幢黃房子，時而會有人走進走出，走出的人手裡通常是大包小包的。我們猜那黃房子定是一家超市，法蘭克福的超市。再往遠望，便是數不清的樓房、樹木以及一輪即將下山的紅日了。但這些已足夠我們興奮不已了，彷彿任何一個小小的視點，都可看成一整個的法蘭克福似的。

我們在小廚房裡煮了方便麵，在小餐廳的小飯桌前相對而坐，在衛生間先後沖了澡、吹乾了頭髮，最後在各自的床上躺下來，閉上眼睛要睡覺的樣子了。

可是，我們怎麼能睡覺呢？

我睜開眼睛，面對了三三說：「三三，說點什麼吧。」

三三說：「說什麼？」三三仍閉了眼睛。

我說：「比如，你的主。」

三三的眼睛忽然就睜開了，她看了我說：「主在心裡就是了，不必說出來。」

看三三一本正經的樣子，我不由得哈哈地笑了。我說：「你真相信他存在嗎？」

她毫不遲疑地說：「相信。」

我想起很多年前，我和三三在同一塊田地裡勞動，那時的她，只相信一份遠方的愛情。對方是她的高中同學，有幸作為工農兵學員被推薦上了省師範學院，每個星期三，她都會在生產隊辦公室收到一封長達十幾頁的情書。三三這名字，正是那時候被我們幾個姐妹叫起來的。記得我是唯一對這份愛情表示質疑的，我曾無意中看到過那情書，滿紙都是自我的展示、炫耀，卻對三三的情況一字不問。三三卻說：「無論他寫什麼我都想看，哪怕是抄了段報紙呢……」

後來和三三結婚的，當然不是那個上師範學院的人。她結婚時我已經離開村子去了城市，她的丈夫我從沒見過，據說是他苦苦追求的三三。結婚後三三對他還算滿意，可他對三三倒愈來愈不滿意起來。不滿意的原因也很奇怪：嫌三三從不和他吵架。有一次為和三三吵上一架，竟將一女子領回家來，當了三三的面和女子親熱。結果三三仍一句話沒說，抱上孩子就回了娘家。丈夫和公婆都上門求過三三，丈夫甚至還以死威脅，但終也沒能讓三三回心轉意。那以後三三便和女兒相依為命，直到把女兒養大成人，直到女兒也戀愛、結婚，有了自個兒的丈夫。女兒的丈夫是個一心要做大事的人，可他做大事的本錢，全憑了三三的一點積蓄。為了女兒，三三對他從沒拒絕過，而那做大事的人，卻從沒見有過一分的收益。

這些我是聽村人們說的，幾十年裡三三很少跟我聯繫，倒是我時而會打個電話給她，問起她的情況，她總是連聲說：「挺好，挺好。」她的聲音聽上去跟年輕時的三三幾乎沒有差別，有時我甚至會懷疑起村人們說的。近年有一次村裡姐妹們聚會，才有機會見到三三，果然就見她墨黑的頭髮，白皙的面龐，由衷的笑意，讓人看不出半點的不如意來。我不由得放心了許多，在眾姐妹的歡聲笑語中問起她，她仍如以往地連聲說著：「挺好，挺好。」

去歐洲的打算我正是在這次聚會時無意中說出來的。別人都沒表示什麼，唯有三三響應說：「我去，我去，到時一定帶上我啊！」就有人說：「去吧，去吧，三三早該出去散散心了。」三三說：「我可不是去散心的。」那人說：「那就是去花錢的，花吧，花吧，花完了省得給那敗家子去糟了。」三三一下子沉默了，大家一時間你看我、我看你的，也不知該說點什麼了。我看著三三，開始明白那聽說過的是真實的了。可是，三三只沉默了片刻，臉上就又恢復了笑意，眼睛彎彎的，嘴角翹翹的，表情和那個年輕時的三三一模一樣。

我說：「三三，這次來歐洲，咋就你一個人？」

三三說：「你不也是一個人？」

我說：「我是獨來獨往慣了。」

三三說：「你好歹有姐夫，我才是一個人慣了呢。不過有主在，一個人挺好。」

我說：「胖丫呢？」

三三說：「她不信主。」

我說：「不信主就不能來歐洲嗎？」

三三說：「因為我來歐洲是為了主，她就不想來了。」

我說：「是她不想來還是你不想讓她來？」

三三說：「你，聽說什麼了？」

我點了點頭。

胖丫是三三的女兒，正是那次聚會時有人告訴我，胖丫和敗家子穿一條褲子，想方設法哄騙去了三三那點積蓄，現在又在打房子的主意了，不是城郊改造拆舊換新嗎，三三得了三套樓房，胖丫死活要三三賣掉兩套，給那敗家子還債呢。

三三嘆口氣說：「胖丫這孩子，是太叫我失望了。」

我說：「那兩套房子，你可得拿定主意。」

三三說：「房子我倒不在乎，我在乎的是胖丫她……」

我打斷她說：「胖丫叫你失望還不是因為房子？你可別說不在乎房子，沒看現在這一家一戶的，緊在乎著，兒女們還虎視眈眈伺機生搶呢！」

三三說：「可是欠債還錢，天經地義，債主找上門來……」

我說：「三三呀三三，債主是誰的債主，是你三三的債主嗎？既然不是，他憑什麼找上門來？」

三三說：「可她畢竟是我閨女呀，債主早說過了……」

我說：「債主說什麼？子債父還是不是？他那是放屁！問問胖丫，貸款協議上寫的誰的名字，總不會是你家胖丫吧？」

三三說：「可就算是大貴的名字，胖丫跟他……」

我說：「胖丫跟他一家子是不？離婚呀，離了婚一清百清，大貴就算是欠人家一百萬、一千萬也跟你們沒關係了。」

三三說：「其實大貴這孩子也是想做成點事，可每回說得好好的……」

我說：「事是踏踏實實做成的，不是靠嘴皮子說成的，還『這孩子，這孩子』的，你心疼他，誰來心疼你呀？」

三三苦笑笑說：「你呀，還是當年的急性子，不容人把話說完。」

我說：「還不是替你著急？」

不知為什麼，看著三三我總想起《女人香》裡少校和那文弱的學生。我很想扮演少校那種弱者的保護人的角色，因為我聽到的這種事太多了，想做事的人從銀行貸不出款，只好借高利貸，結果事沒做成，借的錢倒翻倍地長，待債主找上門來，若不自殺，也只剩了東躲西藏的份了。我可不想看無辜的三三捲入其中。只是，我一點沒意識到三三的苦笑其實是她早已自有主意。

後來我又說了些「對大貴那種人不能心軟」的話，三三一直沒再吱聲。終於說得睏了，我不由自主閉上了眼睛。正懵懂入睡時，忽聽得三三說道：「明姐，我真的不在乎房子，假如兩套房子能換胖丫個懂事，我也認了。」我不由得一下子又醒過來，我說：「三三你傻啊，他們能逼你賣兩套，就能逼你賣三套，三套賣完了你住哪兒去啊？」三三竟然說：「租房子，或者養老院，哪兒不能活人？」我氣得一下子坐了起來，我說：「你這不是幫他們，你是在害他們，你是在助紂為虐，懂不懂？」我又說：「有人曾說過一句話：『壞人是不會改好的。』說這話的不是主，是一位作家，但我信他的。大貴那種人是不會改好的，他改不好，你家胖丫你就甭抱太大希望。因為人往下出溜太容易了，像你一樣走向善的路，對他們來說比登天還難。」三三說：「主說過，凡事包容，凡事相信，凡事盼望，凡事忍耐。」我說：「忍耐忍耐，那『做人不可以虛偽，惡要厭惡，善要親近。』不也是你們主說的？」

忽然說出這句話來，我自個兒也有點驚訝，還是前些天閒來無事，隨意找來佛經、《聖經》翻看，看完了也沒多想，按如今的記性估摸沒幾天就忘在腦後了，誰知這時候它自個兒倒跳了出來。

我看到三三也坐了起來，她滿眼放光，又驚又喜地看著我，她說：「明姐你也看《聖經》？」

我說：「看經的人多了，看了不一定就去信。」

三三說：「看就好，很多人跟你一樣，開始不信，看著看著就信了。」

我說：「少給我做宣傳，我這個人除了懷疑還是懷疑，不可能陷進任何圈套的。」

三三說：「怎麼能是圈套呢？你看吧，看多了就知道不是圈套了。」

我說：「那你給我講講，什麼叫做包容、忍耐，什麼又叫做惡要厭惡？還有，什麼叫做各人的重擔要互相擔當，什麼又叫做各人必擔當自己的擔子？這些話都在《聖經》一本書裡，你是信它的哪句話呢？」

三三喜道：「好啊，好啊，你想聽我就給你講講。」

三三無比認真地看著我，真的就如布道者面對著一個求教的迷茫者。我不由得低下眼簾，慌慌地看看手機說：「不行不行，十二點了，明兒還得早起呢，得趕緊睡了。」

我閉上眼睛，為自個兒的慌著實有點惱火，當然更惱火三三，聽話聽聲兒，咋就當起真來了？

第二天早晨，旅店為我們準備了簡單卻實惠的早餐：麵包、牛奶、咖啡、煮雞蛋、火腿腸。導遊早就告知我們，這裡吃的東西儘管放心，一切都是乾淨的、沒有汙染的。這話我們一百個信，飯前去店外散步，就見那天上的藍大、白雲，地上的樹木、草地，鮮亮得全都水洗過的一般，哪裡會有什麼汙染呢？我們貪婪地觀望著，呼吸著，好像過了這村就再沒這店了似的。想想我們自個兒的家，呼吸要有空氣淨化器，喝水要有淨水器，吃菜要先用小蘇打去除農藥，肉、蛋、奶要先問出處，就連饅頭、麵條也不敢隨意在市場上買了，生活中的分分秒秒彷彿都有了危險。至於水洗過般的藍天白雲、樹木草地，哪裡去找呢，就問問那上小學的孩子們，自生下來他們見過幾顆天上的星星？

人高興起來對人也和氣了許多，大家邊吃邊相互打著招呼，相互告知著自個兒的新發現。有人說：「看見那條馬路沒？半天不見一輛汽車呢。」一有人就說：「不是車少，是人家上班晚，都還在家裡沒動窩兒呢。哪像咱那邊，一整宿車都不斷，到這會兒堵得還沒步行快呢。」一就有人反對說：「車多咋了，說明咱繁榮昌盛，車少那是經濟蕭條。」先說話的那人不服道：「車少就是經濟蕭條啊，知道人家一個月收入多少錢？人均兩萬多人民幣呢，咱的人均收入不過是人家一個零頭。」這人說：「人家收入多少，你見著了？」那人說：「還用見著？手機上一查什麼沒有？也就是你，只會接個電話，好好的個智能手機浪費到你手裡了！」

爭論的是一胖一瘦兩個老頭兒，他們是一起來的，隨他們來的還有他們的老伴兒。老伴兒只是聽著，也不答話，像是聽慣了他們這麼槓來槓去的。

胖老太就坐在我們鄰桌，她是第一個到餐廳的，也是第一個端了食物坐在桌前的人。她面前的盤子滿滿的，麵包、雞蛋、火腿腸，每一樣都盛了不少，還有牛奶、咖啡，也滿滿地倒了兩杯。這時的大家都還在排隊選著食物。選完了四人一桌地坐下來。也不知怎麼，唯有胖老太那張餐桌空蕩蕩的，跟她一屋的李麥都離她遠遠的，隔開了好幾張桌子。她倒是跟不少人有過示意，甚至明確地向三三招過手，可由於我搶先接過了三三的盤子，使三三不得不隨我坐了下來。我說：「三三，要不是我手快，你還真就過去了。」三三說：「不就是吃頓飯啊？」我說：「不是一頓飯的事，這種人還是少湊。」

倒是有人老遠地和胖老太開著玩笑：「小白，小白，你好大的飯量啊！」

大家先是你看我、我看你的，終於發現了小白是哪一個，便哄地笑起來：「小白原來是她，她原來叫小白啊。」她滿滿的盤子大家是早看到了，火腿腸片一摞一摞的，足夠一桌四個人吃的了；各式麵包也都齊全了，大豐收似的擺在盤子裡；有細心的人還發現她盤子裡竟然有兩個雞蛋。導遊昨晚就囑咐過了，早餐是自助餐，別的可以隨便吃，雞蛋一般是一人一個，你多吃了可就有人吃不上了。這個小白，她是沒聽見呢，還是有意地多吃多占呢？就看那火腿腸片，總量本就不多，排在後面的人沒準兒還吃不上了呢。大家不肯湊向她，想必是被她跟前超量的食物嚇著了。

我捅捅身邊的三三，小聲說：「等著吧，那個排到最後的人要去找小白了。」三三說：「找她幹麼？」我說：「一會兒就知道了。」

小白自個兒埋頭吃著，一筷子夾起兩片火腿腸吞進嘴裡，還沒見咀嚼就又咬下了兩口麵包，這使她的腮幫子鼓鼓的，眼睛睜得大大的，像是要噎住了似的。但還好，她粗壯的脖子幫了大忙，沒嚼幾下的食物瞬間就讓她的腮幫子癟下去了。然後她剝起一枚雞蛋，一邊將目光撒向眾人，好像在尋覓著哪一個。

她顯然是不甘寂寞的，這時剛好聽到了兩個老頭兒的爭論。兩個老頭兒和他們的老伴兒是我們右鄰，小白則是我們左鄰，就見小白隔過我們粗聲大嗓地搭腔道：「甭聽那兩萬、三萬的，他們發展多少年了，咱改革開放才多少年？咱要再發展一二百年，兩萬、三萬，哼，怕是五萬、六萬都有了。」說罷，她將剝好的雞蛋一整個放進了嘴裡。

兩個老頭兒都怔了一下，其中的胖老頭兒得勝了似的看了瘦老頭兒說：「聽聽，聽聽，眼光得放遠了看，兩萬、三萬的算什麼？不能一聽人家有錢就先縮了脖子，得有中國人的志氣！」

瘦老頭兒說：「哼，你倒是有志氣，連個手機都玩兒不轉，門鎖都打不開，空調開關都不知在哪兒，洗個澡還得老伴兒先對好水，還志氣，頂個屁用啊！」

小白的雞蛋已順利通過了咽喉，她說：「話可不能這麼說。我也玩兒不轉手機，我也搞不懂這開關、那開關的，但這玩意兒不重要，重要的還是志氣，還是立場。有了志氣，有了立場，腳跟就先穩住了。你這國家再有錢，你這個人再有錢，擋不住我不尿你。不尿你，看都不看你一眼，你他媽的還有什麼辦法？」

小白的聲音是粗啞的，若只聽聲音，會以為是個老男人在說話。我和三三有點奇怪地看看她，沒想到她還是個關心國事的。

這時瘦老頭兒說：「你可以不尿人家，人家對你不尿人家還真沒什麼辦法，可我問你，這對你有什麼好處嗎？」

小白說：「你就知道好處、好處的，國家志氣就是最大的好處呀。要是人人有志氣，全國人民一條心，哪怕窮得餓肚子也不會有人敢欺侮的。」

也不知是誰指了小白桌上的一堆食物道：「我才不信。把這堆吃的拿掉，換成一桌子國家志氣，你肯答應才怪。」

大家便笑起來，瘦老頭兒趁機說：「是啊，是啊，說的就是這個，對自個兒沒什麼好處的事，為什麼要幹呢？再說沒什麼好處的事，它也不能叫志氣吧？」

在我看來，小白搭腔純是為了掩飾她獨自一桌的孤單。可眼下的她，眾目睽睽之下，她的孤單反而愈發醒目了。

這時，我看到排在最後的人已經坐下來開始吃飯，他並沒如我預想的去找小白，他的盤子裡好像並不缺少雞蛋。我想，莫非多出來一個？我拿起自個兒那枚，在桌上磕一磕說：「三三，這雞蛋每天是一定要吃的……」話沒說完，就發現三三的盤子裡竟是沒有雞蛋的，只看得見兩片麵包、一點果醬，還有她端著的半杯牛奶。

我說：「三三你吃過雞蛋了？」

三三搖搖頭說：「不想吃。」

我說：「為什麼不想吃，你是想留給別人吧？」

三三漲紅了臉道：「小點聲好不好，我就是不想吃。」

我往小白那邊看看，故意說：「不想吃早說呀，我還想吃你那份呢。」

三三放下杯子，拿小勺往麵包上抹著果醬。她說：「我喜歡的是甜食。」

我說：「你傻呀，我也喜歡甜食，但絕不能少了雞蛋，雞蛋、甜食兩回事。」

三三不再說話，她咬一口麵包，喝一口牛奶，咀嚼得專心致志，卻絕不露齒。我驚奇地看著她有幾分優雅的吃相，心想，多少年來都生活在郊區農村的她，優雅是打哪兒來的呢？

我看到小白的盤子裡還有不少火腿腸，多出的雞蛋也還沒吃，桌上不知什麼時候又多出個長方形不鏽鋼飯盒來。我便由不得自個兒地叫了一聲：「魯小白！」

魯小白顯然吃了一驚，她剛剛喝到嘴裡的一口咖啡差點嗆出來。

我說：「你是要連午飯都帶上嗎？」

魯小白嚥下那口咖啡，像是氣也沉下了許多，她反問我：「是又咋樣？」

我說：「你帶了午飯，有人可就吃不好早飯了。」

魯小白說：「哪個吃不好早飯了？」

我說：「沒吃到雞蛋的人。」

魯小白不再看我，繼續著她的吃，彷彿我是她不屑理會的人。她就那麼吃著說：「我是多拿了一個雞蛋，二十五個人裡總會有人不吃的，我不拿也是浪費。」

我說：「要是二十五個人沒有一個不吃呢？」

魯小白說：「不可能，雞蛋又不是多稀缺的東西。」

我指了三三說：「三三就因為你多拿了一個才不得不做了那個不吃雞蛋的人。她本有機會拿到，可她把機會留給了別人，而你卻把本應屬她的機會剝奪了。」

魯小白有點不相信地看了三三問：「可是真的？」

這時，不少人都聽到了我們的對話，他們也往這邊看著。三三的臉又一次漲紅起來，她看看我，看看魯小白，又看看大家，終於艱難地說道：「我……是我不想吃。」

魯小白說：「看看，我說什麼來著，總有不想吃的吧。」

我氣道：「即便有不想吃的，你也該先問問大家，你問過了嗎？」

魯小白拿起那枚沒吃的雞蛋說：「問不問的，反正我也還沒吃呢，誰想吃誰就拿走，一個雞蛋。」

三三的表態，很是助長了魯小白的氣焰；即便這樣，我相信理在自個兒這邊，大家一定會支持我的。可讓人失望的是，沒有一個人站出來說話。他們當然不會支持魯小白，但不說話就好像我有點小題大做了似的。

果然，有嘴快的人將此事告給導遊後，導遊淡淡地說：「魯阿姨跟我說過，她有糖尿病，需要少吃多餐，帶點吃的半路吃，雞蛋的事她也許沒聽見我說，告給她就是了，沒必要為這點事搞得劍拔弩張的。」

接著大家便隨導遊上車去往法蘭克福的羅馬廣場和著名的法蘭克福大教堂。一路上景色怡人，我卻鬱悶得一言不發。原本自個兒占理的事，導遊這麼一說彷彿是我的不是了。問題是導遊這麼說好像也沒什麼錯，還有好幾天的行程呢，出來不就為玩兒個高興？因此不少人還直對她點頭稱是。更可氣的是那個魯小白，導遊的表態讓她眉飛色舞，她坐在我和三三身後，不停地問導遊一些又傻又蠢的問題，什麼：「法蘭克福不是法國嗎，咋跑到德國來了？」「羅馬廣場應該在羅馬啊，咋也在德國啊？」導遊耐心地講解著，話筒裡纖細的聲音響亮地傳遍了車裡的角角落落，就像一車的人都是一群沒長大的小孩子一樣。魯小白最初搶了個最前排位子，一聽導遊說以後的幾天大家都固定坐同一個位子，以便好清點人數，她便從人群裡衝出來，第一個上車占領了那位子。可她不知那是導遊的，當導遊不動聲色地將背包放在那裡時，她立刻乖乖地站起來跑到後面去了。我問坐在身邊的三三：「魯小白是什麼人，你看不明白嗎？」三三說：「明白。」我說：「明白就好。」三三說：「我是不想讓她太難堪。」我說：「可是你讓我難堪了。」三三說：「對不起。」我說：「我想坐靠窗的位子。」三三急忙站起來，順從地和我換了位子。

最初我是執意讓三三坐在靠窗位子的，我希望盡可能地給她照顧，可是現在，我要讓三三真正明白她的糊塗。我一直背朝了三三，目光朝了窗外，窗外的房屋、樹木、河流，一切都清新如洗，我的心裡卻亂糟糟的。三三有時說句什麼，我也當沒聽見一樣。直到下車，我都沒再說一句話。

抵達目的地時，導遊只給了我們半小時的遊覽時間，大家起初都說太少了，後來下車一看，發現羅馬廣場還不如一所小學校的操場大，看點不過就是西側的舊市政廳和廣場中心有正義女神像的噴泉；而著名的法蘭克福大教堂，座落在離廣場幾百米一個同樣不大寬敞的地界，走進去看遍所有也超不過十幾分鐘；再有就是外觀老城的一條舊式街道以及街頭的雕像什麼的。大家無非是「啪啪、啪啪」地拍照，你給我拍、我給你拍的，每一個雕像、每一座建築物都不放過。至於建築物是什麼，有什麼樣的歷史，卻沒一個人去關心。我好歹來之前粗略看了些資料，知道這羅馬廣場雖說不大，卻在中世紀就存在了，它曾是整個法蘭克福的中心廣場，經濟交易、政治集會、法庭審判都在這裡舉行，其中還常有義大利和法國的商人遠道而來……。我看到魯小白先是一個人，後來不知怎麼就和一群人打成了一片，擺成各種姿勢，「啪啪、啪啪」地拍個不停。魯小白永遠是舉了右手或左手，用中指和食指擺出個V字。我不由得暗笑，並有意地一個人走來走去，只看不拍，彷彿看過的那點資料成了支撐我與眾不同的力量。

我不理人，自是也沒人來理我，待意識到身邊以及廣場的各個角落都沒有三三時，我頓時有些緊張起來。安穩的三三一個人會去哪裡呢？我不得不向人打聽三三的去向，問了這個問那個的，終於有人說看見她獨自一人往法蘭克福大教堂去了。我這才鬆了口氣，拔腿就往那邊走。因為導遊早就告知了，由於移民問題，歐洲的治安遠不如從前，下車最好結伴，不要單獨行動。邊走我邊有些懊悔，對三三，自個兒是不是太過分了？

來到教堂跟前，就見是一座高聳入雲的紅色建築，雖說周邊環境不大寬敞，但它的高度、它的錯落有致的塔樓尖頂卻還是叫人生出種莫名的敬畏。待步入教堂，立時顯得安靜了許多，倒有不少的人走來走去，卻都是悄無聲息，默默地觀看，默默地走路。也有坐在長椅上祈禱的人，但沒有幾個，兩排長椅顯得空蕩蕩的。我站在長椅後面，一下就認出了三三的背影。只見她正坐在靠前的位子，微低了腦袋，瘦小的身體愈發顯得孤單單的。離她不遠的前面，是一尊懸掛著的背負十字架的耶穌，耶穌的表情痛苦又安詳。向上看去，白色、拱形的屋頂十分高遠，就像我們這些地面上的人永遠休想接近。可它們又和紅色的牆面緊密相接，牆面以及鑲在牆面裡的《聖經》人物觸手可摸……。不知為什麼，我望著三三生出種難以言說的憐憫。羅馬廣場她看也沒看就跑到這裡來了，卻又不觀看、不拍照，全部的時間都用來虔誠地祈禱，莫非她內心真有難以示人的痛苦？還是她根本就來自對主的難以自拔的信仰？

我在離她不遠的一排長椅上坐下來，看著釘在十字架上的耶穌，內心竟奇怪地有些疼痛。我讓自己暗笑那疼痛，漸漸地，疼痛果然不知不覺地消失了。

沒多一會兒，在羅馬廣場拍照的那些人也來教堂了。教堂裡頓時多了幾分熱鬧。我背對了他們，清晰地聽到驚歎和「啪啪」的拍照聲。我還聽到魯小白說：「天啊，屋頂好高，打掃衛生可費老勁了。」有人就說：「閒吃蘿蔔淡操心，又用不著你打掃。」有人制止他們說：「安靜，安靜，小點聲吧。」

這時，我感到後背忽然被誰拍了一下，回頭去看，竟是魯小白。她指了三三說：「你要找三三，那不是她嘛。」我淡淡地點了點頭。她卻不肯作罷，衝了三三大聲喊起她的名字，引得無數人都朝這兒望過來。

我不由得拉下臉，站起身就走。

我聽到導遊壓低了的聲音說：「魯阿姨，全教堂的人都在看您，您覺得好看嗎？進教堂前我至少說了兩遍，要安靜，不能大聲說話，您就在我跟前，這回不能說沒聽見吧？」魯小白有些弱弱的聲音說：「我不也是好心嘛。」導遊說：「小聲說也不影響您的好心呀。」

後來，在教堂裡就再也沒聽到魯小白的聲音了，我看到她一直獨自坐在一排長椅上，低了頭在翻弄她的帆布包包。我感覺這個群體裡，唯有導遊可以影響她的情緒，她就像把導遊當成了某種權威，一句話就可以讓她的心情上天或者入地。

我在三三身邊坐了下來。

三三好像沒感覺到，她對魯小白的喊也沒一點反應。她微閉雙眼，腦袋低垂，十指交叉在胸前，久久地動也不動。有一刻我終於忍不住，好奇地看了她一眼，竟發現她臉上淌了兩行亮晶晶的眼淚！這情景在別的基督徒那裡我也看到過，但發生在三三身上，我卻有點受不住，鼻子一酸，竟然也有些淚花花的了。

我一邊暗笑自己，一邊偷偷地抹去淚水，我說：「三三，時間到了，咱該走了。」

三三那樣的姿勢又保持了一兩分鐘，才像從另一個世界醒過來似的，說：「對不起。」

我說：「對不起什麼？」

三三說：「沒說一聲就跑來了。」

我說：「還以為你生氣了呢。」

三三說：「生氣？生什麼氣？」

三三一臉的不解，好像把什麼什麼全忘了。

我說：「那你咋沒說一聲就跑來了？」

三三說：「不知道，一聽教堂在這邊兩條腿就不聽使喚了，像有人推了走一樣。」

三三又說：「人家的教堂就是不一樣。」

我說：「咋不一樣？」

三三說：「好像離上帝近了，好像祂就在身邊，你說的話祂全聽得見，更奇妙的是，祂還有應答。」

我說：「我可就在你身邊，咋沒聽見祂應答？」

三三便笑了，是一種寬容的面對局外人的笑，這讓我好不沮喪。

就在這時，魯小白不知怎麼來到跟前，認真地問道：「明姐、三三，你們可聽到陳導的話了？」

三三茫然地搖搖頭，我也佯裝不知地搖了搖頭。

魯小白便把導遊的話複述了一遍，然後要我們評判，她說：「就算說話聲兒大了點，她就該當眾搶白我？論年紀，我都是她的奶奶輩了。」

看我沒說話的意思，她把目光轉向三三，說：「都是為了你，你可說說呀。」

我拉了三三要走，魯小白乍起胳膊攔了說：「先別走，要不是為你們還沒這事呢。」
我說：「我讓你為我們了嗎？」
魯小白說：「這叫什麼話，對別人的善意你就是這樣報答嗎？」
我說：「你那是善意嗎，你那叫擾亂秩序，破壞規矩。」
魯小白手指了我，氣得一張臉黑紅黑紅，半天說不出話來。
我拉了三三再次要走，沒想到三三反停下來，說了句讓我和魯小白都大惑不解的話，她說：「魯小白，剛才我為你禱告了。」
三三說得平心靜氣的，氣紅了臉的魯小白沒好氣道：「為我禱告什麼？」
這時，我忽然發現導遊正在門口向我們做著外出的手勢，急切切的，我說：「快走，快走，導遊等著呢。」
三三隨了我在前面走，魯小白氣喘吁吁地跟在後面，她仍不甘心地問著：「三三，你說你為我禱告，為什麼要為我禱告啊？」
待上了車，我執意讓三三仍挨了窗口。我問三三：「為什麼要為她禱告？」
三三說：「不僅為她，還為我認識的所有犯錯的人。」
我說：「胖丫、大貴？」
三三說：「包括我自己。」

我開玩笑地說：「包括我嗎？」

三三沒說話，但她的臉卻紅了。

我說：「還真有我啊？」

三三說：「真有。」

我說：「那你說說？」

三三沉吟了一會兒，忽然一反平時的隨和，說：「你急躁，強勢，容不得人把話說完。」

三三紅著臉，卻說得一點不拖泥帶水。

我說：「好你個三三，有上帝撐腰，到底不一樣了啊。」

三三說：「我說的是真話。」

我說：「反了你了。」

我用了開玩笑的語氣，三三卻仍認真地說：「知道七宗罪嗎，傲慢是七宗罪之首呢。」

我沒再說什麼，心裡的氣卻一鼓一鼓的，多少年來，還是有人頭一回這麼說我，說這話的人竟然還是我執意要保護的軟弱的三三！

這時，坐在我們身後的魯小白忽然伸出一隻手拍了拍我的肩膀，說：「明姐甭生氣，又不是你一個，不還有我嗎？」

我沒作聲，厭惡地用手抖了抖她拍過的地方。

魯小白一定有點受傷，當下沒說什麼，大約幾分鐘後，她忽然把手舉得高高的說：「陳導，我有話說！」

導遊正用流利的北京話講述著下一個目的地，奧地利的山城小鎮因斯布魯克，她的意外被打斷讓她皺了皺眉頭，說：「怎麼了，魯阿姨？」

魯小白說：「我提個建議，在導遊講話的時候，我們大家最好別在下邊開小會，影響別人不說，對導遊的辛勤勞動也是老大的不尊重。明姐、三三，你們說我說得對吧？」

我和三三都怔住了，想不到魯小白一個近六十歲的老太，竟還會像個小學生似的告別人的刁狀！

立刻有人表示贊同，因為這建議太正確、太無可指責了。連剛才皺了眉頭的導遊臉上都有了笑容，她說：「謝謝魯阿姨的建議，我倒不覺得我的話大家一定得聽，但一定不能影響別人，不想聽的最好辦法是閉上眼睛睡覺。不是有人說過嗎，一聽到我的聲音就不由得會犯睏。」

導遊說著彷彿往我這裡掃了一眼，快速得幾乎讓人覺察不到，然後自個兒先笑起來，大家也跟著笑了。有人說：「誰說的？我咋一聽你這聲音就長精神呢？」更多的人說：「是啊，是啊，長精神，怎麼會犯睏呢？」

此時的魯小白，不必想也已是得意忘形的樣子了，因為她說：「明姐、三三，你們可別生氣，我這人就這樣，心直口快，有話不能憋在肚子裡。」

我們的車快速行駛在高速路上，兩邊美麗如畫的原野流暢無比，導遊的講述也流暢無比。她仍在講著因斯布魯克，她說因斯布魯克座落在阿爾卑斯山谷之中，旁邊流淌著因河，是一座美麗的大學城，也是著名的滑雪勝地……

我想她也許是個十分敬業的導遊，但她也許還出於對話筒的掌控的迷戀，因為只要一上車她的聲音就會從話筒裡傳播到車上的每個角落。她從不偷懶，或者說她從不知道安靜地歇上一會兒；她的講述也從不磕磕絆絆，流暢得如同走下坡路的河水。可也許正因為她的太流暢、太沒有停歇，再加上流暢的原野，只要一上車我不由得就要犯睏。

犯睏的話我的確說過，在場的有不少人，有沒有魯小白我已想不起來了，但我幾乎能肯定，把這話傳給導遊的除了魯小白，再不可能有別人了。就是說，她的小報告不僅當面打，背地裡也一樣打，人家導遊心裡明鏡似的，我卻還傻乎乎的全然不知呢。

當然，當然，錯兒首先是我犯的，誰讓我口無遮攔背了人家瞎說八道呢。不過我還是忍不住問身邊的三三：「打人的小報告屬什麼罪？」

三三說：「傲慢，嫉妒，憤怒，貪婪。」

我說：「這麼多？」

三三說：「是這麼多。」

我說：「那再去教堂，你就更辛苦了。」

三三說：「辛苦什麼？」

我說：「為這樣的人做禱告啊。」

三三說：「不辛苦，我願意為他們做禱告。」

三三挨窗坐著，太陽照進來，她的臉愈發顯得明潔無比。

我自然明白三三是純正的，她絕沒有我的另有所圖，可我還是為三三的回答大感快意。我猜後面的魯小白一定是聽見了，聽見了才好，這話正是給她聽的。我還像傳遞驚喜似的告訴三三，下一個教堂是梵諦岡（又譯：凡蒂岡）的聖彼得大教堂，那是世界上最大的教堂，梵諦岡卻又是世界上最小的國家，多麼奇妙啊。三三聽了果然驚喜不已。但很快地，魯小白就從後面告知我們，聖彼得大教堂只是外觀，行程上根本沒安排進教堂。這行程我當然知道，三三也許是忽略了，但我還是跟三三說：「行程是死的，人是活的，沒安排就不能變成有安排嗎？」這時，我聽到後面的魯小白不屑地從鼻腔裡哼了一聲。

果然，行程安排有了變化。

在因斯布魯克附近的一家小旅館裡，變化從導遊發下的一張表格開始。表格上標了深度旅遊的城市、景點以及價格，導遊是這樣說的：「叔叔、阿姨們啊，看了你們原來的行程安排我心裡很不是滋味兒，因為太簡單、太表面了。當然再深入，十天時間對歐洲也只能瞭解個表面，可如果條件允許，我們為什麼不盡可能地多瞭解一些呢？況且有幾個重要的景點，是我們這趟行程的必經之路，您說我們不遠萬里地來一趟歐洲，經都經過了為什麼就不能停下來近距離地看一看呢？比如阿爾卑斯山，我們要去的因特拉肯小鎮就在阿爾卑斯山腳下，若不上山看看，豈不是天大的遺憾？還比如義大利的第二大城市米蘭，我們去瑞士就正好路過那裡，路過而不停步，我作為導遊都不能原諒自個兒。還比如聖彼得大教堂，那是世界第一大教堂啊，教堂內的藝術珍品數不勝數，而我們的行程安排卻只是個外觀。所以叔叔、阿姨們，為了不留遺憾，我建議大家還是不要錯過這次機會。當然，我們每個人都可以自由選擇，您說我才不想再掏一份錢，去不去的無所謂。無所謂就無所謂，各人有各人的自由，我絕不強求。但作為導遊我覺得應該讓大家知道這裡面的區別，深度遊和一般遊是絕不一樣的。」

導遊的話很是打動大家，立刻就有不少人表示要不留遺憾。不過也有人一言不發，待導遊離開了才開口說：「旅行社說得好好的不會再加錢，這走半路上了又出來深度遊了。誰愛深度誰深度，反正咱是一分錢都不會加給他的。」反對他的人就說：「不是半路又出來深度遊，是深度遊人家早就有，只是咱這行程沒給安排。」這人就說：「為什麼不給安排？」那人說：「因為你沒掏那份錢啊。」這人說：「為什麼不早說深度遊、淺度遊，這詞兒我還是頭一回聽說。」那人說：「那是你出來得少，多走幾回就知道了。」就有人反對說：「出來得少不能是他們不早說的理由，就問問咱這二十五個人裡，有多少人是常出國的？有多少人是頭一回出來？我敢說，頭一回出來的至少能占上一半。」這一說，立刻就有不少人說是頭一回出來，有多事的一個個數數人頭兒，頭回出來的竟是占了大半。

這樣，大半的人就有些猶豫起來，好像選擇了這個從沒聽說過的深度遊，就是上了當、受了騙似的。

我看到魯小白也在這大半的人群裡。開始她還堅決支持導遊的建議，可現在已是一百八十度大轉彎，變成了最反對深度遊的人。她說：「不要說出國是頭一回，出省我還是頭一回呢。什麼深度遊、淺度遊的，就是變著法兒掏咱腰包罷了。你當導遊她真是為叔叔、阿姨們著想啊，多一份深度遊，她一準兒就多一份提成，她是為她那份提成吧！」魯小白的話還真有人附和，說：「是啊，是啊，她想多拿提成，咱偏就不讓她拿這提成，錢是咱的，憑什麼她想拿就拿？」

大家的這番議論是在旅店的前廳裡。前廳不大，僅放了兩組沙發，先到的坐了，後到的只能站著。儘管前臺的那位奧地利中年男子又搬來幾張小凳，站著的人仍有不少。那男子深棕色鬈髮，臉頰窄窄的，一雙大眼睛深陷在眼窩裡，看上去嚴肅得很，特別是那雙緊閉的嘴唇，好像永遠別指望它們張開來對人笑一笑。但如果有什麼事問到他，他的近乎女人似的耐心和細心也會像他的嚴肅一樣令人驚訝。比如問到房間裡可不可以燒開水，他先是堅決地搖頭，然後就帶你去一個可以燒開水的地方。其實那地方並不遠，手指一下就會明白，但他堅持帶你到跟前才算。一個這樣，兩個、三個、四個……，對每個人他都有這份耐心。我們初進房間，兩張床鋪上還各有一枝小花和幾顆有透明包裝的巧克力豆。這小東西的放置，若也是出自這個不笑的男子之手，我們會一點不奇怪的。不知為什麼，這男子讓人感覺就像已活過了幾百年，跟今天現代的世界沒多大關係似的。

他當然聽不懂我們在說什麼，他也不會給予任何的意見，但他站在跟前就如同一道背景，我相信許多人都感到了他的存在。這些年導遊在遊客眼裡，不信任占了優勢，它就像瘟疫一樣毫無阻力地蔓延。但眼下，我們中的一些人卻對導遊堅持了難得一見的信任。比如我，在眾人面前我是很少說話的，因為我一向認為眾人面前的話通常是表演多於真誠，可我卻意外地發了言。我說：「這件事的關鍵不在導遊拿不拿提成，而在我們自個兒想不想去。如果想去，那去就是了。定價都是統一的，她就算不拿提成也沒權力把價降下來，所以她提成不提成的和我們有什麼相干？再說了，人家做了事就得有收益，讓你白幹一件事你幹不幹？」

我的話立刻得到了鼓掌響應，其中的一個，別人不鼓了她仍「啪啪啪」鼓個沒完，且尖了嗓門兒叫道：「沒錯，就是這麼個道理！」她的尖嗓門兒把大家嚇了一跳，場上瞬間有些沉默。我投眼望去，竟是那個和魯小白同屋的李麥。

我也驚訝著，一起兩天了還沒聽到過她的聲音。因為她從不跟人說話，坐車獨自坐在最後一排，吃飯是到得晚、走得早，遊覽時也一個人拿了相機只拍景物，從不請別人給她拍，更不和別人一起拍。倒是見她和導遊有過交流，但聲音低低的遠沒有今天的大嗓門兒。

李麥似乎也被自個兒嚇了一跳，看看大家，不由得一下閉了口。就見她站在一組沙發後面，比身邊的一位中等個老太幾乎矮了半頭，身材也瘦瘦的，看上去就像是個孩子。

最先打破這沉默的是魯小白，她大約覺得和李麥同屋，最有說話的資格。她說：「哎喲喂，原來你會說話呀，還以為你是個啞巴呢！」她用了不屑的語氣，就像李麥是個無足輕重的人。

李麥不說話，也不看她。

魯小白說：「看看，看看，又啞巴了，又啞巴了。」

李麥仍不說話。

我奇怪著，這兩人晚上在一個狹小的空間裡，是咋熬過去的呀？

魯小白有點步步緊逼地說：「你倒也跟大夥兒說說，是怎麼個沒錯，怎麼個道理呀？」

我便說：「魯小白你幹麼強人所難？誰都有說話的自由，也都有不說話的自由。」

沒想到李麥開了口說：「我這個人你不瞭解，我說話是有選擇的，不配和我說話的人，多一個字都不會說。」

李麥是看了我一個人說這話的，她的聲音低下來已不像剛才那麼尖細，反而抑揚頓挫，滿有力量。

這又是讓我沒想到的，大家也都望了她，好像不相信這話是她這麼弱小個人兒說出來的。

李麥又說：「『深度旅遊』這詞一說出來，我就知道有人會反對的。別看她開始堅決支持，那是在看導遊的臉色；一旦有人反對起導遊來，她也一樣會跟著反對。因為第一她不想瞭解人家的文化，深度是什麼？文化呀，她自個兒沒文化，別人的文化於她就更是對牛彈琴了；第二她不想掏腰包，因為腰包就是她的命，這種人往往疑心重重，只要一掏腰包就先懷疑人家是不是要騙她；第三是最壞的，就是見不得別人有好處，哪怕自個兒沾不了便宜呢也得把這事給攪黃了。這讓我想起文化大革命打派仗，打派仗就是典型的損人不利己，不但損人，還有損國家。沒想到啊，這種損人不利己的思維方式到今天還大行其道，還把它弄到歐洲來了，呵呵呵……」

李麥說著忽然就呵呵地笑起來，笑聲冷冷的，尖細、尖細的，遠沒她的話音好聽。

說實話，我太贊同李麥的說法了，並深感比不上她的深刻。她顯然是有所指的，傻子也能看出來，她的矛頭直指魯小白。但這樣的話出現在旅遊隊伍裡，總顯得有些不合時宜，大家是為高興來的，不是為深刻來的，高興只配得上浮淺，而深刻往往是大家不願面對的真實。

李麥說完後場面很冷清，沒有一個人表示支持，連我都一言不發。其實我很想說點什麼，但李麥尖細的笑聲好像壓抑了我說話的願望。我看看三三，三三這時的目光已從李麥轉到魯小白身上，她說：「不好，你看魯小白。」

果然，就見魯小白一臉的怒氣，死死盯了李麥一會兒，忽然抄起屁股下的小凳子，不管不顧就朝李麥掄了過去。

誰也沒想到魯小白會動手，待大家反應過來，那小凳子已飛了出去。李麥本能地抱了腦袋，李麥身邊的人也瞬間逃開，眼看小凳子就要砸在李麥身上，忽見一個人衝上前去，推開李麥，自個兒卻承受了那小凳子。

這人可真夠麻利，定眼望去，竟是三三！我是只顧了看魯小白了，竟沒注意身邊的三三。三三啊，你哪兒來的勇氣？哪兒來的速度啊？

場面立時有些混亂，我急忙去察看三三受沒受傷，李麥已衝出去和魯小白扭打在一起，其他人拉的拉，拽的拽，更多的人在對魯小白和李麥指指點點。混亂中我看到那個奧地利男子已將小凳子一一收起來，然後一臉無奈地看看這個又看看那個的。

不多時導遊也趕來了，問大家：「咋回事？」大家說：「問打架的人吧。」導遊說：「好麼，打架打到歐洲來了，阿姨們好英雄啊！」剛被拉開的魯小白披頭散髮的，李麥的臉上也有一道被抓的傷痕，導遊看了兩人說：「說說吧，為什麼啊？」

李麥不吱聲，魯小白也不吱聲。有好事的便把經過敘述了一遍。導遊正要說什麼，魯小白扭身就走。導遊說：「別走啊，魯阿姨。」魯小白說：「不走幹麼？反正你是要向了她說話的，以為我看不出你們是一夥兒的呀？」導遊說：「阿姨您這麼說就不對了，我還一句話沒說啊。」魯小白說：「你一句話沒說我就先不對了，你要再說下去，還不得變成一場批鬥會啊？」有人就說：「魯小白你講不講理啊，動手砸了人，拍拍屁股就想走啊？」魯小白說：「我咋不講理了？沒聽見她剛才說的一二三啊？就差說十惡不赦了，再不走我還不被踏上一萬隻腳，永世不得翻身？」導遊說：「言重了，言重了，雖說我歲數小沒趕上，也知道您這都是文化大革命的詞兒。咱出來一塊兒玩兒就是緣分，傷和氣的詞兒最好不說，您說呢魯阿姨？」魯小白說：「問我呢？導遊你咋不問問她呢？傷和氣的詞兒是誰先說出來的？文化大革命這詞兒是誰先說出來的？你不會因為我們不想深度遊，就拉偏架打擊報復吧？」

魯小白用了「我們」，這下竟然還真有人附和了說：「是啊，是啊，不想深度遊人家自有不想去的理由，因此就說人家沒文化，說人家疑心重，說人家損人不利己、見不得別人好，這不是扣帽子是什麼？要說文化大革命，隨便給人扣帽子才是文化大革命呢！」

魯小白得到了支持，一下子氣壯起來，幾天來還是頭一回有人這麼支持她，她原本是站著隨時要走的樣子，這會兒索性返回身，挨了那幫她說話的人坐下來了。旁邊坐著的幾個，也是表示過不參加深度遊的。而另一組沙發上坐著的，則明顯是李麥的支持者，當然也是深度遊的支持者。李麥原本站在沙發後面，這時不知怎麼也已經坐在沙發上了。我拉了三三，不知不覺也站到了李麥這邊。人們啊，許多時候是由不得自個兒的，只要有個投靠群體的機會，就如同望見了安穩之地，便再也捨不得放棄了。包括導遊，雖說她站在兩組沙發之間，但一隻手搭向了我們這組沙發的扶手，彷彿需要一種支撐似的。

這時的魯小白，敏感地發現了導遊的那隻手，她說：「你呀，就甭不好意思了，那邊的人才肯掏腰包給你呢，我們你是指望不上了，就大大方方坐那邊去吧。」

導遊說：「說什麼呢魯阿姨，什麼這邊那邊的，你們所有人都是我的隊員，我都要負責任呢。」

魯小白說：「這話倒還說得過去，不過咱醜話說在前頭，只要你敢拉偏架，護一方，打一方，我們就有權利起訴你！」

導遊還沒說什麼，那邊的李麥已站起來，看了大家一圈，唯獨沒看魯小白一眼，她說：「看見了吧，動不動就起訴、起訴的，這種人活在世上就是要跟人過不去，鬥爭才是她的樂趣！」

魯小白也站了起來，指了李麥說：「你他媽的再說一句，再說一句撕爛你的嘴！」

李麥仍不看她，仍那麼尖了嗓門兒呵呵一笑說：「又來了，又來了，她除了暴力還是暴力，沒別的。」說完，沒事人似的坐了回去。

導遊說：「你們要堅持對立下去，我也沒辦法了，算了，這事到此為止。咱說正事吧，參加深度旅遊的叔叔、阿姨現在請舉下手，我看看夠不夠半數，如果不夠半數，這次深度旅遊恐怕就得取消了。」

這邊的人把手舉起來，一數，才十一個。舉手的人你看看我、我看看你的，不相信這麼好的事竟有一大半的人會放棄。我不由得急道：「四個項目，加起來還不到兩千塊錢，上萬塊錢都花了，兩千塊錢就一定要節省麼？」有人就說：「兩千塊錢事小，問題是機會難得，就咱們這歲數，這輩子來歐洲，恐怕是唯一的機會了啊。」

這邊人的手一直舉著，就像是一種示威，又像是一種等待；可那邊的人有意看也不看，相互說著小話兒，有的臉上還明顯是一副幸災樂禍的樣子。

導遊說：「那不參加深度旅遊的叔叔、阿姨也請舉下手。」

魯小白說：「我們還舉什麼手，這不明擺著？」

導遊說：「也許還有沒拿定主意的，我得全盤瞭解一下。」

果然，那邊舉手的才有七八個人，沒舉手的竟還有六七個人呢！這邊的人一看，立時振奮起來，行，還有戲，只要再有兩個人舉手，深度遊的事就算成了。這邊便有人過去做那幾個人的工作，誰知話說了一堆，幾個人還是最初的回答：「考慮、考慮，明天一早再做決定。」

事既如此，大家只好作罷。看著大家紛紛散去，我卻不甘心地問導遊：「十一個人和十三個人有多大區別？你既真心為大家著想，十一個人有何不可？」導遊說：「你懷疑我不是真心？」我說：「沒有。」導遊說：「有也沒什麼，我都讓人懷疑慣了。不過這可不是我一個人的事，牽涉到人家當地的導遊，人太少了人家要不答應，我還真沒權利強迫人家。」導遊說得有理有據，我自是信服，但導遊的態度與我分明是有距離的。人和人啊，就算是拿了精密度最高的尺子，也難量出個究竟呢。

就在這時，魯一白和李麥同時來到導遊跟前，提出要調換房間。

這兩人，架都打過了，一個房間自是不能住下去了。可是，跟哪個調換呢？導遊為難道：「大家都回房了，天也太晚了，今兒就先湊合一宿，明兒一定給你們解決。」誰知兩人都異口同聲地回答：「不行！」

換房是她們的事，隨她們跟導遊糾纏吧，我拉起三三就往電梯那邊走。誰知到了跟前，按了上樓的按扭，眼看電梯「刷」地都打開了，三三卻忽然甩開我說：「你先上去吧，我跟她們說句話。」我說：「說什麼？」她也顧不得回答，一路小跑著就往導遊那邊去了。

萬沒想到，幾分鐘之後，三三回到房間，卻是來取她的洗漱用品的。她告訴我，她要和李麥調換一下，到魯小白的房間去。我一下子來了火氣，質問三三：「經我同意了沒有？」三三連聲說「對不起」，說：「就怕你不同意，才……」我說：「我還就不同意，今兒你不能走！」三三說：「你也看見了，她倆死活不能在一屋了……」我說：「我還死活要跟你一屋呢！」三三說：「我都跟她們說好了，李麥馬上……」我說：「憑什麼你跟她們說好，這屋還有我一份兒呢！」

就在這時，虛掩的門忽然被打開了，李麥提了大包小包的，一頭撞了進來。

我和三三立刻住了口，在這異國的深夜，小個子的李麥老太，勉強對付著那堆行李，臉上那道被抓的傷痕在燈光下依然醒目……

我聽到李麥說：「明姐，你的話我聽到了，要不想跟我一屋，我這就找導遊去。」

李麥依然手提了行李，身體緊靠牆壁，像是行李全靠那牆壁支撐著。她的聲音也少氣無力，剛才批駁魯小白時的精神頭兒已蕩然無存。

事已至此，我還能再說什麼？只好從李麥手裡取下行李，幫她安置在行李架上。這時三三也放下手裡的洗漱用品，幫李麥一塊兒安置。三三說：「我知道你會同意的。」我沒理她。三三又說：「因為主是有靈的，他讓事成事就會成。」我仍沒理她，心想她若再說一句，我就讓這事不成。但她沒再說什麼就出去了，倒是李麥，忽然說了句令我頗感意外的話，她說：「明姐，其實第一天我就跟導遊說過要跟你一屋，導遊說你和三三是一起的，怕是不行。誰知今兒還就實現了，你說怪不怪，這就叫緣分吧？」

她的聲音仍有些少氣無力的，但一雙眼睛卻閃了熱情的亮光。我躲開她的目光，說：「洗洗早點睡吧，明兒還得趕路去義大利呢。」

從地圖上看，聖彼得大教堂就在義大利的羅馬市，但它卻屬另一個主權國家梵諦岡。據說梵諦岡的總人口還不足千人，與人口六千多萬的義大利無異於大象與螞蟻的關係，但這對大象與螞蟻，卻多少年都可以和睦相處，相安無事。我們去往螞蟻的領地時，一樣要拿出護照，卸下背包，接受安檢人員一絲不苟的檢查。不過一步之遙，我們便進到了另一個國家。

首先映入眼簾的是一巨大廣場，廣場上排了無數座椅，黑森森的，導遊說：「這是天主教徒們禮拜日聆聽教皇發表禱告詞的地方，整個廣場大約能容納三十萬人。」我們就見廣場被兩條半圓形的長廊環繞，支撐長廊的足有幾百根高大的石柱，有人上前小試，三個人環繞居然還留有空間。而廊頂，更有成排的雕塑高高屹立著，尊尊都有說不出的美妙。廣場中央還矗立著一座幾十多米高的方尖形石碑，碑身鑲嵌著銅獅和雄鷹，碑尖上是殉難耶穌的十字架造型。導遊說：「這叫方尖碑，之所以要有這樣的高度，是因為天主教國家認為建築物愈高離天就愈近，離天愈近就愈好跟上帝對話。」導遊這麼說著的時候，我一直拉了三三，就感覺我的手漸漸地反被三三攥著了，且是愈攥愈緊。去看三三，就見她仰了腦袋，瞇了眼睛，看著那方尖碑上的十字架，久久地動也不動。我故意說：「怎麼，又要睡著了？」因為一路在車上三三的眼睛都沒睜開過，後面的魯小白也鼾聲大作，連最前面的導遊都聽見了，導遊當時自嘲地說：「看來我這聲音真成了催眠曲了。」

接下來，導遊把我們交給這裡的一位中文講解員就離開了。前面的進場隊伍長長的，我們排在最後，緩緩地往教堂裡走。這講解員舉了個小布娃娃作為標誌，我們從她發給的耳機裡才能聽到她的聲音。小陳兒導遊說：「高級導遊是不舉小旗子的，你看她寧願舉小布娃娃也不舉旗子。」小陳兒介紹她是這裡的一流中文講解，並說她給安排的導遊沒有差的，她願意讓她的隊員們享受最好的服務。以我的眼光，實在看不出小旗子和小布娃娃有什麼區別，但相信小陳兒說得沒錯，因為行當與行當就如同人與人一樣，更多是如山如霧般的隔膜。

我們排的是兩隊，我習慣地拉了三三的手，分別站在兩隊裡。但不知什麼時候三三的另一隻手也被魯小白拉住了，魯小白說：「三三你讓我找得好苦！」

我覺得魯小白這是又要占小便宜了，便直截了當地說：「魯小白你弄錯了吧，我們這是要進教堂的。」

魯小白說：「沒錯，我也是要進教堂的呀。」

我說：「不參加深度遊是只能外觀的，你有講解員發的耳機嗎？」

魯小白從帆布包包裡掏出耳機揚給我看，說：「當然有，好像我要弄虛作假一樣。」

被魯小白拉了手的三三說：「她後來又改主意了，今早跟導遊說過了。」

事既如此，我還能說什麼？但心裡卻驚詫無比，這主意她是咋變的呢？

這樣一來，我們就平行地成了三隊。我說：「魯小白你後邊去吧。」魯小白卻任性地說：「不行，我和三三說好了的，進教堂要在一起的，是吧三三？」

我看看三三，三三居然點了點頭。我氣道：「不行，我可不放心你倆，萬一走散了咋辦？」三三說：「沒事。」魯小白也跟著說：「沒事。」看了兩張睡眠不足的臉，我猜她們定是說了一夜的話，三三和這個魯小白，真不知有什麼好說的。

我甩開三三走在了她們身後，看著兩人緊拉著的手，心裡對三三的氣惱幾乎超過了對魯小白的。好在隊伍行進忽然快了許多，沒多一會兒就進了教堂，那富麗堂皇的氣勢，那五彩繽紛的顏色，那美妙絕倫的繪畫、雕塑，很快就讓我忘掉了一切。

小陳兒安排的講解員果然不錯，口齒清楚，聲音甜美，關鍵是不生記硬背，無論大事件還是小細節，講起來都像聊家常似的，時而還鬧個小小的玩笑，便引得大家會心一笑。唯一不滿足的是她走得太快了，走得快就難免一些地方一帶而過，甚至講也不講。有人說：「太快了啊。」她便說：「沒辦法，時間只有四十分鐘啊。」

儘管這樣，我還是被震撼了，高大的穹頂，一座挨一座的圓拱門，全部由大理石馬賽克組成的繪畫，到處可見的大大小小的雕像以及浮雕，如此的規模，如此的華美，真還是頭一回經見，更何況，這一切是由米開朗基羅（又譯：米開朗琪羅）、拉斐爾等一大批天才藝術家完成的，光聽聽這些人的名字，都足可叫人驚歎了。我很想藉此機會與三三一起分享，她長期待在郊區農村，又不大出門，一下子接觸到如此的藝術盛宴，想必是更需要有人跟她說點什麼的。可我卻發現，她像是不需要我的，她仍和魯小白手拉手挨在一起，一次也沒注意過我這裡。當然也因為魯小白總在跟她說話，她既要看作品又要聽講解又要應付魯小白的糾纏，自是就顧不得其他了。不過後來發現，李麥她倒時常站在我的左右，不知什麼時候就會附上我的耳朵說上幾句。她懂的還真不少，講解員講到的她知道，沒講到的有時她也知道。她說無非是《聖經》故事，她對《聖經》故事是太熟悉了。但她不信基督教，別的教她也不信，她說這輩子信自個兒就夠了，她說她所以想跟我說話，是因為看出我也是個只信自個兒不會被任何宗教束縛的人。李麥在這人聲嘈雜之中，像是總尋找著跟我說話的機會，我聽著，卻再也沒顧得去尋覓三三。

不知為什麼，我在那座名叫《聖殤》的雕塑前停留了許久，直到耳機裡講解員的聲音變得時斷時續起來，才戀戀地開始移動腳步。誰知一轉身，看見李麥就在我的身後。我說：「你也還沒走啊？」李麥說：「猜你就喜歡它，我也喜歡。你看聖母的表情，抱了死去的兒子，那個悲傷，那個安詳，那個絕望，一張慈母般的臉上，什麼什麼都有了。真他媽的，是怎麼做到的啊？」李麥說的我深有同感，但我不喜歡她的語氣，有些誇張，特別是那個「真他媽的」，像是貼上去的，插在其他句子之間，突兀得就像好好的衣服上打了個補丁。

和李麥一起追趕隊伍時，我忽然發現了三三的身影，就見她排在一支長長的隊伍裡，那隊伍的前頭是一座青銅雕像，雕像的手裡拿了兩把鑰匙。雕像的模樣已經很熟悉了，每個教堂裡都少不了的，那是耶穌的十二門徒之首聖彼得，他手裡的鑰匙是上帝交給他的，一把開啟天堂之門，一把開啟地獄之門。也就是說，他是所有世俗中人的最終審判者，上天堂或者下地獄，全由他來審判。我看到排在前面的人正爭相親吻或撫摸聖彼得的右腳，據講解員說，摸過聖彼得右腳的人會得福的。但講解員阻止了大家排隊摸腳，因為時間太緊張了，有排隊的時間大家還可以多看些內容。可三三顯然沒聽講解員的，她的後面還緊跟著魯小白，兩個人手拉了手，翹首以盼摸腳時刻的到來。

我忍不住遠遠地喊了聲「三三」，三三沒聽見，卻引來了不少譴責的目光。我沒敢再喊，索性直接到跟前叫她，卻誰知剛走兩步就被李麥攔住了，李麥說：「去也是白去，上天堂還是下地獄，這是天大的事啊，你又不能替她們解決，她們能聽你的？」李麥仍是那種誇張的口氣，但她說得一針見血，我去也絕不會讓三三改主意的。三三不改主意，那個魯小白呢，難道一夜之間她就聽信了三三，也信起上帝來了？李麥說：「魯小白那種人，還不是想信就信、不想信就不信啊？她要對聖彼得有一絲絲的誠意，天下所有人就都成信上帝的了。」說完李麥拉了我就走，瘦小的她竟然很有力氣，使我不得不隨了她去了。

沒想到，我和李麥趕上了隊伍，三三和魯小白卻始終沒跟上來，直到要出教堂了，講解員一個個地清點人數，也沒見到她倆的蹤影。我立刻有些急，轉身就又返了回去。沿來路一殿一殿地查找，在高遠的穹頂之下，在數不清的祭殿之間，在鋪天蓋地的壁畫、雕像的簇擁之中，在各種膚色的人來人往裡，我一心尋找著那個熟悉而又陌生的身影。想到陌生，自個兒也不由吃了一驚，若三三也變得陌生起來，這世界上還有幾個熟悉的人呢？

終於，在教堂中央一個龐大的人群裡，我發現了三三的齊耳短髮和魯小白的淺花衣服。這龐大人群正在進行一場虔誠的歌唱，歌聲舒緩、起伏，就如同一片沉鬱的漲潮的海水。她們的嘴巴張開著，眼睛閃閃發亮，身體微微地晃動，就像在隨了海水無聲地起伏、飄蕩。歌聲由她們周圍無數個金髮碧眼的人的口裡發出，這顯然是一首聖歌，人群前面站了一位身穿白衣的神職人員。

我卻不管不顧地擠進人群，拽了三三就往外走。

三三嚇了一跳，發現是我時，竟然掙脫了我的手說：「不，不行！」

我氣道：「不行什麼？所有人都在等你們倆呢！」
這時，魯小白也跟過來了，說：「等就等一會兒唄，難得聽一回聖歌呢。」
我嘟囔一句說：「哼，聽聖歌，你也配！」
魯小白說：「哎，我咋就不配了？你說說我咋就不配了？三三呀，你聽聽，你聽聽！」
沒想到魯小白在歌聲中還聽得真真的，我生怕她鬧起來誤了時間，正有些後悔，就見三三輕輕撫摸了下魯小白的肩頭，魯小白立刻就安靜下來，沒再言聲了。
好在，這時的聖歌已近了尾聲，三三也不再堅持，拉了魯小白，順從地隨我向外走去。
找到教堂外面的隊伍時，按預定時間已超過了一刻鐘，講解員早已離開了，導遊正皺了眉頭在焦急地等待。導遊倒也沒說什麼，手一揮就帶大家朝出境口那邊走。我聽到有人說：「看吧，那個波蘭司機又要跟小陳兒伸手了。」我問：「咋回事？」那人說：「人家是按時間算費用的，昨天晚了五分鐘還管小陳兒要來著，沒看小陳兒都掛了臉兒了？那波蘭人也是，計較得很，一分一厘也不放過。」我聽著，很想跑到前邊跟導遊說聲「對不起」，誰知三三和魯小白早往前去了，老遠地看她們跟導遊說著什麼，導遊的眉頭眼見得在一點點地舒展開來……
不過，李麥對此卻很不以為然，她冷笑一聲說：「逢場作戲罷了。」我說：「你說三三？」她說：「你明白我在說哪個。」她當然是在說魯小白，可她的冷笑令人不悅。就算逢場作戲，比起赤裸裸的不懂事也總是好事。但魯小白和三三也實在叫人起疑，總共才一起待了一個晚上，而三三的胖丫可跟三三待了半輩子呢！還有我那個老伴兒，一輩子跟我對著幹，我說東，他一定說西，我要來歐洲，他一定要去非洲，這時說不定已經在飛機上了，可他堅持不發一條短信給我，因為我要求過，凡我要求過的他都不會照辦。因此我得出一個定論：人是不可改變的，任何人都休想改變另一個。

不知為什麼在這時候想起了老伴兒，且忽然有一種說不出的傷感，人這輩子，相伴一生的人尚且如此，就更甭說萍水相逢的外人了。

接下來是義大利的羅馬、米蘭以及瑞士境內的阿爾卑斯山。遊覽進行得順利、平靜，再沒有吵架、打架的事情發生。魯小白早餐時仍要往飯盒裡裝些吃的，但沒那麼貪了，那個大水杯也換了個小些的。不過幾天下來，她其他的毛病也在不斷顯露出來。比如一起吃中餐，她的筷子總是夾得最多的，腮幫子也是最鼓的；比如上廁所，她總是藉口尿急不肯排隊，還常常不沖廁所；比如大家一起照相，她總要衝到前排中間位置；還比如車上聽導遊講解，她是最愛插話的一個，由於她的無知，使導遊的口氣愈發像講給一群不知事的小孩子一樣。但好歹她有三三相伴，過得倒不孤單。三三對人謙遜、有禮，給人留下很好的印象，她便愈發地與三三形影不離，彷彿她與三三是一類人似的。李麥一針見血地指出，她這是在利用三三打發她的孤單。

我把李麥的話說給三三，三三說：「我知道。」我奇怪道：「知道為什麼還要她利用？」三三說：「要說孤單，沒有哪個人是不孤單的。我也孤單，所以才信主。只要她肯信，我願意幫她。」我說：「她孤單和你孤單怎麼會一樣？她是不可能信的。」三三說：「她已經信了。」我笑道：「信起來容易的人不信也容易。」三三說：「對她有好處的事，怎麼能不信？」我說：「有什麼好處？」三三告訴我：「魯小白來歐洲是因為兒子、兒媳包括孫女都瞧不起她，動不動就說人家歐洲人咋樣咋樣，她索性心一橫、牙一咬，動用了她多年捨不得動的存款，來一趟兒孫們都沒來過的歐洲，看回去他們還敢瞧不起她不。結果她不但來了歐洲，還信了上帝，她說這回有了上帝，回去就更不怕他們了。」我說：「可笑，來趟歐洲就變成歐洲人了？信了上帝就什麼都不怕了？要是吃飯腮幫子下不去、上廁所不沖馬桶……，這點點滴滴的不肯改，來一百回歐洲、信一百回上帝也沒用。」三三說：「你說得也對。不過她肯改，每天晚上她都在懺悔。」我說：「跟你懺悔？」三三說：「跟主懺悔。」我說：「她跟主說了什麼，反正別人也不知道。」三三說：「你呀，什麼時候才能不懷疑呢？」三三說這話時一臉失望的表情，我便沒再說什麼，臉上卻也一定是對三三的失望。

這些天吃飯，通常是四人一桌，我要拉了三三，李麥是一定要跟了我，魯小白又一定要跟了三三，我們就不得不在一張桌上。李麥只跟我和三三說話，魯小白也只跟我和三三說話，開始有些彆扭，後來一起坐得多了，便習慣了。她倆不說就不說，只要不打架、不耽誤吃飯就行。大家看我們在一桌吃飯，還以為和好了呢，便連聲說：「好啊，好啊，這樣最好。」奇怪的是，李麥和魯小白好像還真各自收斂了許多，李麥說話的時候，魯小白不吱聲；魯小白說話的時候，李麥也不吱聲。她們都裝作沒聽見對方的話，看也不看對方一眼，就像這個人不存在一樣。魯小白是最愛拍照的，每盤菜上來，都要先拍完人家才能吃。我和三三不說什麼，李麥也只好容忍下來。魯小白看沒人反對，便愈發情緒高漲地拍呀拍的。別的桌拍照的也不少，有一回李麥看了另一個桌的拍照者忽然說：「吃飯就是吃飯，拍個什麼勁兒呀？」剛拍完的魯小白竟也沒說什麼。下一頓飯，魯小白照樣拍，李麥照樣看了另一個桌的拍照者說：「知道什麼叫譁眾取寵嗎？這就是。」魯小白依然不說什麼。兩個人你拍你的、我說我的，拍的、說的各不相干似的。我便有些想笑，忍不住問魯小白：「拍了都發給誰呀？」魯小白說：「兒子、兒媳、孫女，讓他們看看，歐洲的山，歐洲的水，歐洲的飯菜，眼紅死他們，哈哈哈哈……」魯小白大笑起來，笑得渾身發顫，笑得眼淚都出來了。我和李麥和三三望了她，卻誰也不覺得有什麼好笑。李麥小聲對我說：「看出來沒有，在外不招人待見，在家也好不到哪兒去。」李麥可能自以為一語中的，我卻沒有附和李麥。李麥又說：「原以為我是清高的，沒想到你比我還要清高，我還從沒有這麼上趕了跟人說話。」我笑笑說：「沒有吧，我也得上趕了別人呢。」李麥說：「哪個？」我朝三三努了努嘴。李麥說：「我才不信。」

其他人好像也有了變化：一對原本安靜的老人，在羅馬浪漫的西班牙廣場忽然又唱又舞；一位一直不屑逛商店的老漢，在米蘭豪華的伊曼紐二世拱廊（Galleria Vittorio Emanuele II，又譯：埃馬努埃萊二世長廊）竟是出出進進，流連忘返；唯一的一位青年，原本神情漠然，獨來獨往，在壯觀、美麗的阿爾卑斯山頂，開始熱心地為每個人拍照；而曾打過架的李麥和魯小白，在這些地方更是驚歎不已，當阿爾卑斯山的少女峰驚現眼前時，大家不由得齊聲歡呼，魯小白則把手機塞給旁邊的人說：「快快，先給我拍一個！」誰知這旁邊的人竟是李麥，兩人都怔了一怔，李麥終是沒拒絕，魯小白也如同以往把手指擺成了個V字……

要說，作為領隊的小陳兒，面對大家的高興她也該高興才是，可不知為什麼，這幾天反見不到笑模樣了，還喜歡獨自喝咖啡，獨自喝紅酒，有一回還獨自在酒店的一個角落抽起煙來——煙捲又細又長，煙霧繚繞著她姣好卻憂傷的面龐，一支又一支，一支又一支……；在車上的講解倒沒見少，反比從前語速更快，內容更多，遇上三四個小時的行程，她可以一口水不喝，一口氣地講上三四個小時。她也不去管人們打瞌睡、說小話兒，只顧講自個兒的，像是把自個兒當成了一部播報器。幾位老太動了慈母之心，一再勸說她休息一會兒，她卻執意不聽。有一回她竟然說，除了這份兒講解是她的，什麼什麼她都沒有了，就讓她講吧，講著她才能感到自個兒的存在。後來，有好事者終於打聽出來，原來她是在瑞士上的旅遊學校，男朋友也是瑞士的，已經相識多年，可不知為什麼男朋友忽然變了主意，要與她以普通朋友相待了。

這原因倒讓大家鬆了口氣，以為多大點事呢，不就是失戀嗎？天下好男人多著呢，何必留戀一個愛變卦的男人，還是個外國男人。戲詞說得好，「兒行千里母擔憂」，變卦倒也是好事，若找個中國男人，你北京的父母不是就省得擔憂了？可這樣的話，小陳兒半句也聽不進去，她是想不通，自個兒哪哪都好好的，他為什麼會拒絕她呢？他當然講了拒絕的理由：他不喜歡熱鬧，他害怕將來她的親朋好友七大姑八大姨浩浩蕩蕩地來瑞士探親。其實這理由根本不成立，她壓根兒沒什麼七大姑八大姨，她的親朋好友也沒到找她探親的份兒上。說到底還是西方人的偏見，對中國女人又愛又怕的感覺，若哪天聽來一堆中國人的壞話，他一準兒就會將那壞話與她聯繫起來了。

原來這樣啊，大家一聽就不由得憤憤的：「那就叫不懂事，成家過日子熱熱鬧鬧多好，莫非都沒人搭理你過成絕戶才是你想要的？更可氣的是偏見，中國人好好的，又勤勞又善良，哪來那麼多偏見啊？反過來說，你們西方人對親朋好友不熱情，算小帳，中國人可對你們有偏見了？我們這不是也越過了千山萬山來向你們學習來了嘛？」後來，有一位喜歡舞文弄墨的，一氣呵成寫了封情深意切的信交給小陳兒，說要小陳兒轉給她的男朋友，並說這代表的是全體隊員的心聲。信裡說：「在我們大家眼裡，小陳兒導遊是無可挑剔的，你若錯過，就錯過了世界上最好的女孩；就如同現在西方對中國的某種錯過一樣，只要錯過了，就一定會是不可挽回的損失和遺憾。」大家聽了齊聲說「好」，說：「人多力量大，這麼多人來幹一件事沒個不成功的，小陳兒你就請好吧（你就等著好消息吧）。」去看小陳兒，小陳兒臉上卻仍不見喜色，她甚至都沒伸手去接那信，只淡淡地笑笑，說了句「謝謝大家」，便起身離開往車那邊去了。大家都知道車裡是那個斤斤計較的波蘭司機，小陳兒咋回事啊，難道寧願和那個小家子氣的波蘭司機坐在車裡，也不想接受大家的熱心腸麼？難道她在西方待了幾年，也已變得和國人格格不入了麼？

我們的最後一站是法國巴黎。我們參觀了富麗堂皇的凡爾賽宮，遊覽了著名的巴黎協和廣場，還有壯觀雄偉的凱旋門、世界聞名的艾菲爾鐵塔（又譯：埃菲爾鐵塔）、浪漫時尚的香榭麗舍大街、美麗妖嬈的塞納河，還有，也是最叫人興奮的，就是羅浮宮（又譯：盧浮宮）內的萬千珍品，斷臂維納斯、蒙娜麗莎，勝利女神、土耳其浴室、拿破倫一世及皇后加冕典禮……。這些早已如雷貫耳的雕像、畫作，竟然真的出現在了眼前，啊，多麼好啊！不過我發現，很多人都只知道個蒙娜麗莎，其他則一無所知，他們或者拿了手機「啪啪」地亂拍一氣，或者傻傻地問人家導遊，這是誰？這畫什麼意思？其實我知道的也很有限，有時也想傻傻地問導遊一回，但剛想張口，李麥就搶先一步把答案說出來了。李麥說：「不知道的問我就是了。」我問她退休前做什麼工作，她說畫畫的，我說：「怪不得。」她問我是做什麼的，我剛想回答，她說：「別說，別說，讓我猜猜。」她說：「你一定在報社工作，不是什麼領導，只會拚命幹活兒證明自個兒的那種兒。」李麥果然厲害，我卻沒吱聲，只笑笑就隨了導遊往前去了。

去羅浮宮那天，下午我們去看了凱旋門，就在凱旋門附近，魯小白的帆布包包被小偷搶跑了。我和三三和李麥就在附近，眼看著一個黑人從魯小白身邊走過，轉眼間那帆布包包就到黑人手裡了。魯小白驚得指了那黑人說不出話來，我和李麥也怔怔的，只有三三兔子一般地跳到跟前，一把抓住了黑人的衣服。黑人顯然一怔，與三三對視的剎那，也不知是黑人突然的用力還是三三突然的鬆手，待我們醒悟過來衝上前去，那黑人早已跑得遠遠的了。

我們自是立刻報告了導遊。這之前導遊已多次告誡大家，下車只許手機拍照不許帶包，因為巴黎的小偷太多了，防不勝防。其實導遊在北京出發之前就叮囑過了，說歐洲現在不比從前，大家一定不要擅自行動。若真丟了東西，也不要指望警察，因為這類小事警察理也不會理的。大家都還好，一路上小心謹慎，下車不讓帶包就絕不帶包。可魯小白也不知怎麼了，偏偏這次就把包帶下來了，偏偏還就把小偷招來了。導遊例行公事地將這事報了警，但對魯小白說：「報警也沒用，這事太正常了，他們不會管的。」導遊拿出幾張歐元放在魯小白手裡，要她先用著，說不夠了自個兒這裡還有。大家一邊同情魯小白，一邊感動著導遊的作為，卻誰也沒想到，呆怔了半晌的魯小白，忽然就將那錢甩到了導遊身上。魯小白說：「明白了，小偷、警察，還有你們導遊，全是一夥兒的吧？大家可聽見了？『這事太正常了』，她說『這事太正常了』，也就是說，小偷偷東西是正常的，是應該偷的，沒有小偷反是不正常的了。哈哈，這叫他媽的什麼混蛋邏輯，活六十歲我還是頭一回聽說呢。哈哈哈哈……」

魯小白大笑著，眼睛裡卻有淚水一串一串地掉下來。大家都知道，她那包包從不離身，包包裡有多少錢她也從沒說過，但想必是她來歐洲的全部家當。可再是傷心，也不能無緣無故地嫁禍於人吧，況且還是她自個兒不小心的緣故。

看沒人響應，魯小白的目光又忽然轉到了三三身上，她說：「對了，差點忘了，還有你三三的事呢，為什麼要鬆手？要是不鬆手，我那包還丟不了呢，為什麼？你他媽的為什麼啊？」

魯小白說著，忽然就上前揪住了三三的脖領子。

三三則低了眼簾，任她揪著，一言不發。

我不由得一陣火起，一雙腳早不知不覺地衝到跟前。我推開魯小白說：「瘋了吧你，逮誰咬誰，還不是怪你自個兒？為什麼，是三三力氣大還是那黑小子力氣大？就算三三力氣大也得鬆手，不鬆手等那黑小子給上一刀啊，為你那破包不值得！」

魯小白平時是不大惹我的，這時也不知哪兒來的膽量，忽然就舉起她的胖手朝我打過來，嘴裡叫著：「你，就是你，狗眼看人低，一路上趾高氣揚，還教唆三三……」我驚怔的瞬間，見李麥已將她的手死死抓住，李麥說：「反了你了，還敢動起手來了！」

魯小白動彈不得，心裡的惱恨又無處發洩，索性身子一鬆，坐在地上「哇哇」地大哭起來。

三三要去勸她，我阻止了三三，我說：「省省吧，你勸她只會火上澆油。」三三難過得幾乎要哭，她說：「都怪我，我對不起她。」我壓低了聲音問她：「為什麼？」三三說：「我也沒想鬆手，可不知怎麼就讓他跑了。」我說：「鬆手是對的，甭說給你一刀，打你一拳也受不了啊，想想都後怕。」三三說：「我倒也沒怕，就是手上糊裡糊塗地就放鬆了。」我說：「沒事，你比我們都勇敢呢。」三三說：「其實，那小偷還是個孩子。」我看著三三。三三說：「真的，別看人高馬大的，那張臉真還是個孩子。」我說：「這麼說，你還真是對不起魯小白了。」

本來是隨口一說，誰知三三竟當真跑到魯小白跟前陪禮道歉去了。又誰知魯小白不但不接受三三的陪禮道歉，反而豬八戒倒打一耙，數落了三三一堆不是：說三三對她好是有目的的，就為了讓她信他們的主；說三三一路都纏著她，講信了主如何如何地好；說好個屁呀，結果小偷不偷那不信的，倒偏揀了信的下手了；說好在她也沒傻到底，她不過是哄三三高興，內心裡她才不信什麼主呢，主是誰？他在哪兒？見都沒見過，憑什麼去信他呀？

這個旅遊團的人，我猜除了三三沒有一個有宗教信仰的人，他們對宗教就如同我一樣是既不瞭解還多少有點偏見，魯小白對此當然明白得很，她這麼說就等於把三三一個人推到了大家的對面，赤裸裸的，想躲都沒地兒躲藏。我看三三手足無措地站在魯小白面前，陪禮道歉原本讓她的臉紅通通的，這時由紅變白，一張臉已沒了一點血色。我頓時一陣心疼，手指了魯小白說：「只知道你愚蠢，卻不知道你還這麼惡毒。我倒想問問，是三三纏著你還是你纏著三三啊？」魯小白說：「那你該問三三才對，是哪個上趕著跟我一屋的？」我說：「那是三三同情你，你不知感恩還恩將仇報！」魯小白哼一聲說：「誰同情誰還說不準呢。」我冷笑道：「莫非三三還要你同情？」魯小白說：「一個人要是整天向另一個人說，『我是有罪的』，你同情她不？」我說：「你懂個屁，那不是另一個人，是她心裡的神，她是在向神做禱告。」魯小白說：「那就更得同情了，大夥兒說說，世上可有神這東西？沒有那她就是在搞封建迷信！」

大家這個年齡，從小經歷的都是那翻天覆地的無神運動，扎了根一般，沒有比說一個人搞封建迷信更叫人瞧不起了。可是，大家顯然是不想支持魯小白的，卻也不能支持三三，於是他們只能選擇沉默。

此時的李麥也沉默著，她是個堅定的無神論者，當然不會為三三的禱告辯護，但三三和魯小白一屋替她解決了這一路的難題，她內心無疑對三三是深懷感激的。沉默良久之後，她終於還是開口了。她說：「丟了錢包就說丟錢包的事，怎麼扯起人家三三來了？魯小白你要願意扯，我比你還有得扯，比如吃起飯來腮幫子鼓得像打了氣一樣，比如拉完、尿完不沖馬桶，比如洗完澡喜歡光了屁股走來走去，比如晚上睡覺磨牙、放屁、打呼嚕……」

不待說完，大家就哄地笑起來了，魯小白氣得手指了李麥渾身直抖：「你，你他媽的胡說八道！」

李麥說：「長這麼大我最不會幹的就是胡說八道了，大夥兒不信可以問問三三。三三好心替我倆解圍，一直跟她一屋住。人家三三不說這些是為人善良，人啊，怕就怕這份善良被狗吃了還被狗反咬一口。」

我沒想到李麥會說這些，可真有她的！

這時，我已把三三拉到身邊，緊緊抓了她的手。她的手冰涼冰涼，就像剛在冷水裡浸泡過。她的身體也在發抖，牙齒發出「咯吱、咯吱」的聲響。我說：「沒事，別怕。」她就那麼顫抖著說：「她……欺騙了主，她是……有罪的。」我十分地想附和她，但終因不習慣說出「罪」字而沒吭聲。我聽到她又說：「她應該……懺悔。」我說：「她那種人，懺悔不懺悔還不是一樣！」我忽然想起什麼，便大聲問三三：「你不是說過她每天都懺悔嗎？」三三點了點頭。我說：「就是說，她也每天做禱告？」三三又點點頭。我說：「哎，魯小白，你他媽的是提起褲子就不認帳啊！」

大家又一次哄笑起來。我覺得是該結束的時候了，拉起三三就要上車。這時，一直沒作聲的導遊小陳兒忽然衝三三叫道：「三三阿姨！」

我和三三回頭去看，就見小陳兒一臉親切的笑意，她說：「三三阿姨，下午要去巴黎聖母院，這是這次行程的最後一個教堂了，你要是願意，我和你一起去做禱告。」

三三怔了片刻，隨即答道：「好啊，我願意！」

小陳兒又說：「聽來聽去的，怎麼禱告倒成了罪過了，不禱告、不懺悔才應是罪過啊。」

有人就問：「小陳兒你年輕輕的也信這教啊？」

小陳兒說：「這跟年齡沒關係，年少的、年老的，東方的、西方的，主都可以護到。」

有人說：「那既是有主護著，前兩天你咋還沒精打采的呀？」

小陳兒說：「這話得這麼說，要不是有主護著，說不定我還活不過來了呢。」

小陳兒說得大大方方的，邊說邊帶大家上了車。

待坐下來，我發現三三身子已不抖了，手也不那麼冰涼了，我想，導遊的話，也許才是三三最想聽的。

大巴車帶我們去一家中餐館吃了午飯。仍是四人一桌。魯小白沒和我們一桌，她也不肯上別的桌，鐵了心似的一個人坐在一張四人桌上。時而看她一眼，就見她眼睛紅紅的，臉上爬滿了淚痕。

大家都知道明天安排有半天的巴黎購物，下午就坐飛機飛往北京了。也不知是誰開的頭兒，不斷有歐元紙幣放在魯小白的桌上。後來，我和三三和李麥也去放了，由於沒零錢，每人還放了張一百元的。還好，這回魯小白沒有拒絕，卻也沒說感謝的話，只是眼淚流了一串又一串的。

下午去巴黎聖母院，導遊把我們交給中文解說，就帶三三做禱告去了。對巴黎聖母院還是那一本書、一部電影的印象，真到了巴黎聖母院，卻完全是另外的感覺。李麥對了拱頂那巨幅的耶穌畫像問我：「三三沒勸你信過主嗎？」我說：「這問題別當了主問。」李麥立刻尖聲地笑起來。我說：「有什麼好笑的。」李麥說：「我肯定，你早晚會成祂的信徒的。」我說：「那你還是不瞭解我。」李麥說：「就算你是懷疑主義，那你就不會受懷疑主義的束縛？」我心裡咯噔了一下，她說的其實也正是我曾糾結過的，現在由她說出來，很是有些不舒服。我故意說：「還是少說話吧，到處都是神靈呢。」李麥再次響起了她那難聽的笑聲。然後她說：「我倒覺得導遊那話說得不錯，不懺悔才是罪過。」我說：「贊成。」她又說：「我們不是不懺悔，是不懂得懺悔，壓根兒沒懺悔這根弦兒。」我說：「沒錯。」她說：「你要總說兩字兒，我就再不說話了。」我說：「你早該閉嘴了。」李麥說：「你說了六個字，那我就再說一句。這一路上，說話最少的是哪個？」我說：「哪個？」李麥說：「三三呀。」李麥又說：「行動最多的是哪個？」我說：「哪個？」李麥說：「也是三三呀。」我說：「什麼意思？」李麥說：「我是覺得，我們也許是低看了三三了。」我說：「那你說，三三又高到了哪裡呢？」李麥說：「說不清，但至少她的高跟信仰沒關係。我甚至覺得，她什麼都不信也許會更好些。」我說：「知道你的毛病是什麼嗎？太愛思考了。人類一思考，上帝就發笑。」李麥說：「彼此彼此，你比我也好不到哪裡。」

我們話趕話的，不知不覺就把話說到了盡頭，後來直到走出巴黎聖母院，也沒再找出要說的話來。

這天晚上，三三和導遊一屋住去了，她說她怕魯小白尷尬，而她自個兒也不知該怎樣面對魯小白。李麥說：「魯小白那樣的還會尷尬？」我卻有些擔心地說：「三三這麼做，說明她是真真地被傷著了。」

果然，第二天的行程中，三三一直沒和魯小白搭話，魯小白也沉默了許多，獨自吃飯，獨自購物，直到上飛機，也沒聽見她粗啞的嗓門兒。好在返程的飛機上，三三和魯小白沒在一起。不過我和三三和李麥也都分開了。魯小白在前面和我隔了一排，就見空姐端了糖果盤走近她時，她先是抓起一把，繼而又放下，只拿起了其中的一塊。最後，像是猶豫片刻，連那一塊也放下了。空姐對她輕輕一笑。那笑我看得真真的，美麗無比，暖人無比。三三和李麥與我隔了條過道，也在看魯小白那邊，魯小白的舉動和空姐的笑，想必她們也看得真真的了。

二〇一八年十一月五日

刊於《當代》二〇一九年第四期

他們的幸福生活

他們住的是裡外兩間，家具的配置是齊全的，臥室裡有床和衣櫃，客廳裡有沙發、茶几，一張帶了抽屜的電視櫃，電視櫃上安放了一臺四十三寸的液晶電視。家具是深紅色，暗暗地閃了光澤，倒也一點不粗糙，反還可說得上精緻。他們真正是可以拎包入住，但無奈家裡捨不得扔掉的東西太多了，問了問養老院裡的小齊，小齊說可以添置自己的家具，他們便今天搬來個書櫃，明天搬來兩把藤椅，後天又搬來張梳妝檯……。往梳妝檯前一坐，鏡子還是從前的鏡子，鏡子裡的他們還是從前的他們，一時間他們竟有些恍惚，這是在養老院還是在家裡呢？

養老院的室外環境也讓他們滿意，綠地、水池、長廊、亭榭，以及門球場、乒乓球場、書畫室、棋牌室、閱覽室什麼的，他們預期有的，幾乎都在這裡看到了。

他們坐在窗前的藤椅上，望著樓下紅色的花架長廊，廊下正有兩位老者緩緩走過，女的挽了男的，最後在長廊盡頭的一座碧瓦紅柱的涼亭下相依而坐。遠方，可見一條波光粼粼的河流，河兩岸或是鮮花盛開，或是綠樹成蔭，如圖如畫，如詩如夢……。他們曾隨旅遊團去過瑞士，瑞士的幾個小鎮就是給他們類似的感覺，如圖如畫，如詩如夢……

他們其實已有很多次這種感覺了，每搬一次家，都這樣坐在窗前，對新鮮的環境貪婪地望了又望。坐下的藤椅一直伴隨著他們，一直依窗而放。他們記不起搬過多少回家了，但坐在窗前的感覺，卻幾乎是一模一樣的。

他們一個六十九歲，一個七十一歲，一個一米四九，一個則一米七八。走在一起，從身後看就像大人帶了個孩子。不過他們都有快速走路的習慣，走起來養老院裡的所有人都趕不上他們的腳步。他們的胃口也好，吃得快，不挑食，葷的、素的，鹹的、淡的，酸辣的、酸甜的，統統來之不拒。他們還都有一條好嗓子，唱歌、唱戲，張口就來。他們到來的頭一天就看中了樓後那個開有荷花的水池，清晨，對了盛開的荷花，他們「咿咿呀呀」地吊起嗓子，彷彿一對專業的歌唱演員。

不過吊了幾回，立刻就有了反對的聲音，有人反映到院領導那裡，院領導婉言傳達給了他們，說：「還是去娛樂室吧，那裡不會干擾到別人。」他們自是停止了水池前的吊嗓，卻也沒去娛樂室。他們暗笑院領導的不懂行，小小的娛樂室，豈是能和室外的清新無限比的？不過他們對領導是習慣了服從的，多少年來，他們從單位得到最多的就是領導頒發給他們的獎狀。他們是一對中學教師，均獲有一級教師的職稱，長年和中學生在一起，讓他們養成了勤懇又有些天真的習性。

現在，到了吃午飯的時間了，服務員小馬的餐車在樓道裡「呼隆、呼隆」地響起來，同時伴了她稍顯粗啞的喊聲：「吃飯了！吃飯了啊！」

每個樓層都設有餐廳，小馬只負責他們這層的，當然打掃衛生也歸她管。在他們看來小馬是個勤快又熱情的人，他們初來乍到，難免要問這問那的，小馬永遠是笑臉相迎，耐心解答。她梳了條馬尾辮，大眼睛，尖下巴，高顴骨；若不是顴骨有點高，她本可以用清秀來形容，可由於顴骨，就不是清秀而變得有些凶巴巴的了。好在她呈現的多是笑臉，便將那凶巴巴掩蓋住了。有一次他們湊巧聽到她接什麼人的電話，聲音竟像石頭一樣冷硬，兩邊的顴骨高聳如山，聲音就彷彿從那顴骨裡發出來的。他們想，人啊，真是看不出呢。

來餐廳吃飯的有十幾個人，小馬笑容可掬地盛飯盛菜。還有幾個，喜歡在自己房間吃的，小馬又推了餐車，不厭其煩地送到房間。

十幾個人分別坐了兩桌，與他們同桌的是一對夫妻和兩個白髮老太，夫妻看上去有八十幾歲的模樣，男的舉止緩慢，拿筷子的手有些抖，所以嘴張得老大，飯菜到了嘴邊就像到了虎口，瞬間就被吞了進去。女的在一旁則不停地說著：「慢點，慢點，沒人搶你的。」兩個白髮老太呢，是一胖一瘦。瘦的個頭兒很高，臉緊繃繃的少有皺紋，若不是頭髮白了，說她六七十歲也有人信。胖老太卻跟他們說瘦老太已經整八十了，她則八十一歲，她們都有高血壓、高血糖，若不是做不動飯了，誰來這種鬼地方。

胖老太稱這裡是鬼地方，讓他們都吃了一驚。更讓他們吃驚的是有一刻她忽然停了咀嚼，瞇了一雙小眼睛問他們：「你們身體好好的，為什麼要來養老院呢？」她把重音放在「養老院」上，彷彿養老院與他們是不相干的地方。他們不由得一怔，而後答道：「因為我們老了啊。」胖老太也一怔，即刻笑了說：「能做飯、上街就不能算老，你們做飯、上街應該沒問題吧？」

胖老太的問話讓他們回到房間後沉默了許久。他們沒有回答她，做飯、上街當然沒問題，但他們不想做飯、不想上街了，就想換個活法，應該也沒問題吧？

他們對關心他們的人都是這麼說的，換個活法。他們得到的多是稱讚，稱讚他們有想法，會生活。但只有他們自個兒明白，除了換個活法，還有個起決定性的讓他們難以啟齒的因素……。她不提起，他也不去提起。

他們一個坐在沙發上，拿起遙控器開了電視；一個則坐在藤椅上，看了那隻拿遙控器的手。電視出現了聲音和畫面。藤椅那邊，忽然堅定地發出聲音說：「關了吧。」

沙發這邊立刻把電視關掉了。藤椅那邊說：「老李，咱別一進門就開電視好不好？」

老李這邊連連點頭說：「好，好好。」

老李放下遙控器說：「王，剛才的話，甭放在心上。」

「什麼話？」

老李沒吱聲。

「老李呀，你要是沒放在心上，就不會來安慰我了。」

大約從三十歲，他們就這麼稱呼著對方了，他們都是那種年輕時長得不大年輕、年老了又不大顯老的人，想不到，這麼叫著叫著，四十年就過去了。

老李名叫李群，王呢，名叫王女，最初他們都互稱名字，後來因為王女在哪裡都是喜歡說了算的人，常有人女王、女王地叫她，老李圖省事，索性就去了前後的「女」字，單稱一個「王」了。

老李說：「其實這沒什麼丟臉的。」

王說：「誰說丟臉了，你覺得咱們丟臉嗎？」

王看了老李，咄咄逼人的樣子。

老李說：「沒有，我剛不是說沒什麼丟臉的。」

王說：「可你咋就想到丟臉上去了？」

老李說：「我還不是要安慰你。」

王說：「哼，潛意識。」

老李說：「又是潛意識。」

王說：「就是潛意識。」

老李說：「你說是就是吧。」

他們常常地有爭論，爭論的結果，老李永遠是甘拜下風。

老李上床睡午覺去了，王仍坐在藤椅上，看了黑得發亮的電視機發呆。電視機裡映出她的影子，那影子坐在藤椅裡像是胖了許多，慵懶無力的樣子。不知為什麼她覺得很像過世的母親，母親就是這麼坐在一把藤椅上去世的。她本能地將目光移開，看向陽光照耀的窗口。金色的陽光爬在窗口已有很長時間了，她應該為這樣的窗口感到欣喜，因為她剛剛離開的那個家的窗口，每天的光照時間要少得多。

那不過是一個六十平米（約十八點一五坪）的居室，臥室與客廳連為一體，廚房與餐廳連為一體。但小區環境還算不錯，從窗口望下去，可見一片起伏的綠地，綠地邊上，是一簇簇盛開的鮮花。鄰了鮮花，是一個方磚鋪地的小廣場，每天都有人在廣場上跳舞，若是王也加入了跳舞的隊伍，老李就站在窗口望啊望的。這時候兩人若是四目相對，竟會生出種久違了的幸福感。

不過這感覺總是發生在最初的日子，對小區漸漸地熟悉起來，一切就都不再新鮮，老李不再站在窗前，王也不再望向窗口。還因為，王很容易被其他的事情牽扯，比如為一個舞蹈動作，她和一個被稱為張姐的人發生了爭執，眾多的人都站在王一邊，並推王做了大家的領舞。王卻不知，那張姐也是想做領舞的，表面不露聲色，背地裡卻說了些難聽話出來。女人間的話最是傳得快的，到了王耳朵裡，王索性愈發地要做這個領舞，她在學校時組織過無數場聯歡會，她的舞蹈動作也公認是出色的，如今帶領一群老大媽們，簡直閉了眼睛也能強過那個張姐呢。

王這個人，不做便罷，做就要做出個樣兒來，最初的廣場舞，已遠不能讓她滿足，她參考電腦上搜索的段子，匯聚起來，自編自導，不惜每天搭上一整個上午，手把手地指導每一個舞友；她還與小區物業協商，逢節假日義務為居民組織文藝演出。這樣，她面對的就不只是幾十個跳舞的老大媽了，如那打太極拳的，跳交誼舞的，唱歌、唱戲的，拉京胡、吹笛子、彈吉他的，也都一個一個地由她組織了起來。那段時間，她簡直成了小區裡最忙的人，已有人在「女王、女王」地叫她了，她聽著，愈發熱衷於這些事了，有時飯都顧不得吃了，家務一併都推給了老李。好在老李是幹慣了的，一向都是由了她去，只要她高興就好。

誰知，那張姐也不是省油的燈，有一天從鄰近小區組織了一撥兒人來，與王的舞隊面對面地較量。她們另闢蹊徑，跳的是灑脫、妖嬈的藏舞，一招一式，舒展而又美妙。音樂呢，更是柔美、高遠，別有一種令人心動的節奏。這邊的老大媽們，開始還有心較量一番，漸漸地，竟一個個地呆看起來，有的，甚至還跑到人家身後，一步一趨地模仿起來了。

其實，王早已經開始關注藏舞了，正想著抽空學會了教給大家呢，卻想不到讓這張姐搶先了一步。

眼見張姐那廂面帶得意，自個兒的隊伍卻有潰散之勢，王再難控制情緒，臉色一沉，厲聲喝道：「全體解散，老子沒工夫陪你們了！」一說罷扔下大家，氣沖沖地離群而去。

這種組織，原本就可有可無，好了還好，不好了哪個又會在乎？況且王說出「老子」的話來，一群人便大不悅道：「以為她是誰？叫她『女王』不過是開個玩笑，還真把自個兒當根蔥了啊，不陪就不陪，少了哪個還不活了？」

王呢，本以為舞友們會求告於她，至少會將她中途攔下，卻誰知一直回到家裡，也沒見一個人影追上來。她進門不由得往床上一趴，大聲大氣地慟哭起來。

這時的老李，慣例是要坐在床邊哄勸一番的，這一次卻一臉的不解。他說：「跳舞是高興的事，哭什麼啊？」王說：「不是跳舞的事。」老李說：「那是什麼？」王說：「張是個爛人。」老李說：「跟一個爛人置氣就更不值得了。」王不說什麼，反倒哭得更凶了。老李說：「她是打你了還是罵你了？」王說：「比打罵還要傷人。」老李一問再問，王才坐起來說道，那張姐嘲笑她的個頭兒，說跳得再好也是個半殘，還嘲笑他們的房子，說兩口子混了大半輩子才混了個六十平。她是嚥不下這口氣啊，不然，何苦一天天地自尋忙碌呢。老李一聽，怪不得呢，這舞跳的，竟連他老李都扯進去了。

老李說：「她是只知其一不知其二，當初我們住樓上樓下的時候，她興許六十平都沒有呢。」老李一向是寬厚的，從不會說這種刻薄話，王明白是為了哄她，便勉強扯了扯嘴角。老李轉身進廚房做飯去了。王就看他的後背稍有些駝，步子緩慢而又零碎，龐大的身體彷彿全被疲憊裝滿了，她不由得又一次淚流滿面，慟哭起來。

自那以後，王就再也沒在跳舞的人群中出現過了。王帶領的那群老大媽，張姐只收了幾個身材好的，其餘被拋棄的人，重又找到王，勸再勸，王卻像鐵了心，到底也沒肯鬆一鬆口。

老李睡完午覺從裡間走出來，見王仍呆滯地坐在藤椅上，姿勢都沒變一變。

王平日裡很少這麼一動不動的，老李吃驚地走近她，摸一摸她的額頭，倒也不燙。老李放下心來，開始燒水、沏茶。午覺要睡，下午茶也一定要喝的。

雖喝茶，他卻從沒買過茶，都是兒子送來的。過節假日，兒子送來的永遠是茶和蘋果。蘋果是給王買的，除了蘋果王從不吃別的水果。兒子的日子過得並不富裕，所以買的茶不會太好，但老李喝茶不挑剔，好茶、次茶一樣喝，況且是兒子買的，茶裡還有一層暖意在。

滾燙滾燙的水倒進茶壺裡，又從茶壺倒進兩隻茶碗裡，老李將其中一隻遞向王。

王卻不接，說：「不能像你，天大的事也睡得著、喝得下。」

老李呵呵一笑說：「多大點事，就天大了？」

王說：「全怪我，從樓上樓下的二百平米（約六十點五坪）到今天的一無所有，全怪我。」

老李說：「咋能怪你？我也是同意的呀。」

王說：「是啊，我說什麼你都同意。」

老李說：「同意還不是為你高興。」

王說：「噢，原來你並不真心同意啊？」

老李說：「當然是真心，真心地為你高興。」

王說：「房子都沒了，還咋高興？」

老李說：「一無所有就一無所有，反正我們也沒住在露天地裡。」

王說：「天下的人也就你會這麼想了。」

老李說：「你也會。」

王說：「我倒真這麼想過。反正我們有退休金，住養老院、租房住，都不是問題。可我想不通的是，二百平的房子，我們自個兒的房子，拆了一套院兒換來的房子，住著住著咋就一平（一平方公尺約〇點三〇二五坪）都沒了呢？」

老李再次將茶碗遞給王，說：「再不喝就涼了。」

王接過來喝了一口，重又放在茶几上。茶几是茶色玻璃的，不似白色那麼輕飄，但相比自己家的實木茶几，還是遠不習慣。那茶几敦實、厚重，坐在跟前喝茶，茶水都香了幾分。

如今它也不知去哪裡了，交兒子、兒媳處理的，房子也交他們賣掉了，什麼結果她和老李一概不問。他們曾問過小齊，茶几能不能換？小齊說不能，添還可以，換就影響了房間家具的一致性了。他們只好忍痛割愛，連同那套房子，就如同拋棄一個日夜相守的孩子一樣，扔下了，就再不敢回一回頭。

老李說：「這事啊，我早想過一百回了，咱走的哪一步，都可以說沒框外（越過規則，在規則道理之外）過。你想想，咱是不是沒框外過？」

王先是點點頭，忽又搖頭反駁老李道：「不對，一次又一次地搬家，又沒人逼了咱搬，算不算框外？」

老李堅定地說：「不能算，追求幸福感，是每個國人的權利，也是國家倡導的目標啊。」

老李又說：「再說了，咱搬家每回都是有原因的。和平家園那回，是因為小區物業管理太差，偷盜事件接二連三，保安都加入偷盜的隊伍了，是不是要搬？石府小區那回，牆皮開裂不算，地下管道還總出問題，三天兩頭地停水、停電，是不是要搬？塞納河小區那回，聽著是洋名字，住的人卻要多土有多土，沒規矩，火氣大，動不動就罵街幹架。住在樓上的那家，幾乎天天夜裡打得雞飛狗跳，上去勸架人家還死不開門，弄得咱倆天天靠吃安定（安眠藥）睡覺，你說是不是要搬？還有山水家園，既沒有山也沒有水，水質還差得要命，指數超過了五百，洗菜都要用桶裝水了。還有晨光小區……」

王打斷他說：「好了，好了，我又不是不知道。我是想說，因為這些事就搬了一回又一回的，到底沒有多少人家這麼幹。」

老李說：「怎麼，後悔了？」

王說：「主意是我出的，後悔什麼？只要你不後悔。」

老李說：「我不後悔。總住新房，總享受新小區的風光，高興還來不及呢。沒聽人家說，這些年蓋的房子，壽命最多三十年。」

王明白老李多半是在安慰她，但仍嘆口氣道：「可搬來搬去的結果，是最後搬到養老院裡來了。」

老李也嘆口氣道：「要不是因為兒子，一套房甭管大小，它還是一套房。」

王說：「他借錢買房還不是想賺點差價，誰想到房價沒漲反跌了呢。」

老李說：「更沒想到的是，他竟拿咱這房子做了抵押。他也許算準了咱們工資正好夠住養老院的。」

王說：「別這麼說兒子，他夠難的了，老婆不心疼還總擠兌他。」

老李說：「咱們貼補他的錢，不連這房子，這些年差不多有七十萬了。」

王吃驚地看看老李：「你算過？」

老李說：「我算過。」

王說：「看不出啊。」

老李說：「看不出什麼？」

老王說：「看不出你算過。」

老李說：「還有賣房、買房的每一筆帳，我也都仔仔細細地算過。」

王更吃驚地看著老李。

老李說：「所以我才說我們不框外。」

王說：「聽你這意思，這些年是全都貼補到兒子身上去了？」

老李說：「當然不是，還有房價，漲起來沒個譜兒，咱剛五千把舊房賣出去，那邊新房就翻倍，五千漲成一萬了。還有裝修的材料，也是一路猛漲。房子只能是愈買愈小。」

老李說的這些，王當然都是和老李經歷過的，但從沒用過心思，她的心思全都用在對新房、新小區的憧憬上了。她明白老李也不愛算計的，他們在生活上都是以輕物質、重精神為基本點的。她看著老李，鼻子忽然有些發酸。她想起他們當年結婚的時候，兩人曾不約而同地表示過，要胸懷理想，視柴米油鹽為糞土，絕不為一分錢、一粒米分心，絕不在物質的事上斤斤計較。他們的工資，從來是隨便地放在抽屜裡，誰花誰就拿，拿多少相互不過問，到月底花完了也不急，沒錢花有理想撐著呢。不過到底是什麼理想，他們那時也並不明確，彷彿與柴米油鹽劃清了界限，理想自然就會和他們綁在一起。有一次他們躺在床上討論理想的事，老李說是要做一個對國家有用的人，王則說要做一個稱職的教師，對學生有用就行。後來他們忽然笑道：「對學生有用不就是對國家有用嘛，一回事啊。」可是，他們不可能當一輩子老師，總有一天要退休離開學校的，離開學校以後的理想又該是什麼呢？老李就說：「身體老了，腦子不會老，我們可以幫助學生校外補習啊。」王說：「是啊，是啊，做一個對學生有用的人，一直到死都是可以的。」老李說：「免費的。」王說：「當然，當然，收費那就不是你和我了。」可是，真到了退休，他們都沒找到幫助學生的機會。辦校外補習班的到處都是，家長們寧願找收費的甚至收費高的，也絕不肯把孩子交給他們這不收費的。那些天，他們真是難過極了，也無所事事極了。

王看了老李說：「這些年真是難為你了。」

老李說：「這話我倒是想對你說呢。」

王說：「那年學生不再需要我們，還以為會從此一蹶不振呢，結果去歐洲旅行了十幾天，就輕易地過去了。」

老李說：「後來我也想過，我們的理想也許不在學生身上，而在我們自己身上。不然不會那麼輕易地過去。」

王說：「我也這麼想。可那是什麼呢？」

老李說：「說不好。」

王說：「你從來都是說不好。」

老李說：「就是說不好，許多事都說不好。比如咱連房子都可以捨棄，卻捨不得那幾件家具。家具和房子一樣都是物質吧？」

王想了想，說：「當然是物質，但更是習慣，習慣跟精神不就接近了麼。」

老李驚奇地看看王，說：「不對，這話該是我說出來的吧？」

王便笑了。這時，小馬忽然走了進來，使王的笑就像是對小馬的歡迎。王不想歡迎小馬，便努力將笑收斂著。

小馬手裡拿了塊抹布，烏塗塗的，看不清是什麼顏色。她進門就將抹布「啪」地扔在茶几上，然後一隻手趴上去，開始讓抹布和茶几緊密地摩擦。茶色玻璃不斷發出「吱吱」的聲響，彷彿被她那關節突起的手指弄疼了。

剛才王一個人坐在藤椅上時，小馬就進來過，手裡拿了拖把，進門就拖地板。王說：「你待會兒再進來，現在不方便。」小馬卻說：「你坐你的，我拖我的，不礙事。」小馬笑容可掬的，王只好由了她去。拖完客廳又拖裡間，看到老李躺在床上，立刻笑了朝向王說：「你是說這不方便啊？這有什麼？住養老院就甭那麼多講究了，接屎、接尿的活兒我們也一樣幹呢。」王說：「不是這個，是我有事。」小馬說：「沒見你有事啊？」王說：「事在心裡。」小馬說：「事在心裡就更不礙事了，你自管有你的事，我自管幹我的活兒。」小馬倒也手腳俐落，沒幾分鐘就幹完了。只是看那墩布（拖把）上纏了幾根頭髮，有黑頭髮，也有白頭髮，小馬就一直讓那頭髮這裡擦一下、那裡擦一下的。王能肯定那不是她和老李的頭髮，是從別的房間帶過來的。

王以為小馬離開後不會再來了，地板擦完還會有什麼事呢？

王說：「小馬呀，剛才就跟你說，不用擦，不用擦了。」

小馬說：「剛才是擦地板，這會兒是擦家具，都得擦呢。」

王說：「真的不用擦了。」

小馬說：「反正這會兒你心裡也沒事，不礙事的。」

王說：「我心裡有事沒事，你咋會知道？」

小馬說：「剛才是一個人，這會兒是兩人，兩人還咋想事啊？」

王有些哭笑不得，她想說兩人有兩人的心事，可到底忍住了，對這個小馬，說倒不如不說了。

王就看小馬手裡的抹布從茶几要轉向電視櫃了，便忽然攔了她問道：「這層的所有房間，都是用這塊抹布？」

小馬說：「是啊。」

王又問：「拖把也是？」

小馬說：「是啊。」

王說：「那以後我們這個屋，你就甭管了。」

小馬說：「為什麼？」

王說：「我們自己收拾就可以了。」

小馬說：「為什麼呀？」

王說：「我們自己有抹布，也有拖把。」

小馬臉上的笑容有所收斂，笑容一少顴骨就格外突出出來。她說：「你是嫌我這抹布、拖把髒吧？那還不好說？下回用你們的抹布、拖把就是了。」

王一時怔怔的，想不到讓她感到困難的一件事，小馬竟輕而易舉地答應下來了。

小馬沒有馬上離開，而是繼續用那塊烏塗塗的抹布把裡裡外外的家具擦了個遍。

王幾次試圖站起來阻止小馬，都被老李攔住了。待小馬走出房間後，王說：「老李，地板上、家具上，沾了多少細菌你數得清嗎？」老李說：「算了，算了。」王說：「你和我，萬一敵不過那些細菌咋辦？」老李說：「算了，算了。」王說：「哼，就會說『算了，算了』，哪一天被細菌打敗，後悔都來不及了。」老李說：「我擦，我擦，我再擦一遍不結了？做她們這行的，也不容易。」王說：「又憐香惜玉了吧？」老李說：「不是憐香惜玉，是不想我們陷進雞毛蒜皮裡。」王說：「這事是雞毛蒜皮嗎？」老李說：「這事不是嗎？對比精神。」王說：「精神，精神，我正是聽你這種話太多了，房子才弄丟的。」老李說：「你呀，又不講理了。」

王看看老李，見老李頭上的白髮好像又多了，不由得心一軟，說：「我也不是有意跟她較真兒，實在是她這人有點奇怪呢。」

王這個人，是喜歡和老李不講理的，一不講理，老李就會鬆弛下來，一張方方正正的臉上還會現出笑意。老李是很少笑的，也很少發火，更多的時候是面無表情。當初王認識老李時已經三十歲了，老李還大她兩歲。老李無表情的臉讓她很沒興趣，但老李有耐心，每天晚上蹬了自行車送她去學生家家訪，又從學生家把她送回家。她問老李：「咋沒見你家訪過？」老李說：「我從不家訪。」她說：「為什麼？」老李說：「我喜歡簡單。」她說：「家訪就不簡單了？」老李說：「多一層關係，就多一層複雜。」她說：「你害怕複雜？」老李說：「也不害怕，就是喜歡簡單。」她還瞭解到，老李的學校是鼓勵家訪的，家訪多的老師常常受到表揚，但老李從不為之所動，他班裡學生的成績也並不落後。後來，王的家訪也少起來了，但她否認是受了老李的影響，在老李面前她總是說：「你不家訪，潛意識是一種懶惰。」老李便笑。但老李清楚地記得，正是有一天他坦言從不家訪時，坐在自行車後座的她第一次伸出手臂攬在了他的身前。

老李對學生也是有耐心的，他從沒大聲喝斥過學生，講課、講話都是低音，但愈這樣學生們就愈安靜，生怕漏聽了哪句話，因為老李講課不囉嗦，每一句落下了都可能是損失。當然學生可以舉手讓他再講一遍，這在其他老師是不多見的，有鐘點卡在那裡，再講一遍延長了課時誰來負責？老李卻不怕，讓講就講，從不拒絕。有一次，他的耐心還擴展到了自行車上，他把自行車讓給了一位女生，自個兒則每天擠公交車去學校。為此王對他大發雷霆，後來才得知，那女生崴了腳走路困難，老李這麼做也是為女生不耽誤課程。王見過那女生，個頭兒不低，模樣也好看，衣服卻穿得不大合身，上衣兜住了屁股，褲子又短得露了截腳脖子。老李說她家境貧寒，上學不易，王就酸酸地說：「老李，你呀，本質上是個憐香惜玉的人呢。」

王自個兒班裡的學生，也有家境貧寒的，她對他們可捨不得貢獻出自行車來，但自那以後，倒是對家境貧寒的學生關心了許多，代交學費、課本費的事還幹了不少。以致她有一次感冒發燒堅持上課，一位被她幫助過的學生竟跑到老李的學校報告給了老李。老李立刻趕到王講課的教室，不管不顧背了王就去醫院。王開始還不停掙扎，說：「一個蘿蔔一個坑，落了課誰來上？」老李說：「那就不上。」王說：「領導不會給假的。」老李說：「他不給，我給。」王說：「帶病堅持上課的也不是我一個。」老李說：「愚蠢，沒聽說感冒有死人的嗎？再說這麼講也講不好，誤人子弟呢。」王說：「你是怕死人還是怕誤人子弟？」老李說：「我是看不得你難受。」王趴在老李的背上，感受著他的體溫，不由得生出一種從未有過的踏實感。她想，愛情是燃燒的激情，還是這種不顯山不顯水的踏實感呢？

不管怎樣，王最終還是嫁給了老李。不過，有時細想起來，她也會暗暗地吃驚，自個兒這麼一個我行我素的人，咋就不知不覺模仿起一個老李來了？就連課堂上的聲音，她也比從前低沉了許多，學生們紛紛誇她說：「好聽，好聽，好有磁性啊。」有一次她忍不住對老李說：「不對啊，你總說一切聽我的，我咋感覺是我在聽你的呢？」老李一副吃驚的樣子，說：「沒有吧，我敢嗎？」王說：「你這個人，看起來溫良恭儉讓，其實內裡都是逆反之心呢。」老李說：「這話可不敢隨便講，若是我們領導聽見，一天好日子都甭想過了。」

王曾鄭重其事地問過老李：「你喜歡我的什麼呢？」老李就說：「喜歡你中午從來不睏。」王說：「說正經的。」老李說：「是正經的呀。」王說：「我才不信，不睏算個什麼？」老李說：「精氣神兒啊，你不覺得一個人的精氣神兒最重要嗎？一見你中午炯炯有神的眼睛，我就自卑得要命。你呀，自個兒的厲害自個兒還不知，傻不傻啊？」王說：「這就對了，你看中的是我這份兒傻吧？」老李便笑。王說：「從你說喜歡簡單，就明白你為什麼會對我有耐心了。」老李說：「原來你並不傻啊。」

不過，王認為自個兒對老李也是有影響的，比如這房子，若不是她積極主張，老李在老房子裡住上一輩子都有可能，是她對他說，新房新環境是物質，也是精神，站在窗前看窗外的幸福感，對她來說刻骨銘心。她清楚地記得，聽完這話，老李的眼睛對她亮了半晌。還有房間布置、著衣打扮等等，她看重，他也就隨了她看重，很少有逆反的表現。買菜、做飯也是一致的，他們一向不問價錢，一向不跟商販斤斤計較；做飯也不講究養生，只要喜歡就做、就吃。還有唱歌、唱戲，雖說一個喜歡的是歌，一個喜歡的是戲，但對方一開口，他們絕是全心地欣賞。他們都有副天生的好嗓子，開口就有些專業範兒的。不過他們也有不一致的事情，比如洗衣服，老李就從不肯像她一樣手洗，扔進洗衣機一摁開關完事。兩人誰也不能說服誰，只好就各洗各的，多少年如一日。不過王洗的時候，老李會在一旁看著，眼見那雙小手在水裡都泡白了，就忍不住說：「我來洗吧。」王說：「拉倒吧，你洗我還不放心呢。」還比如看電視，老李喜歡體育、新聞類，王卻喜歡電視連續劇，老李就讓給她看，自個兒跑到臥室去看書。王這邊看著，卻也不忘喚老李一聲：「好看得很呢，來看一會兒吧！」

這一天，養老院的小齊來到他們的房間。

小齊是養老院裡負責娛樂生活的，愛說愛笑，能歌善舞，長得還帥，他到哪裡，哪裡就會有一片歡笑。

小齊是來邀請他們練歌的，中秋節快到了，養老院要由他組織一場聯歡會。

王對小齊的到來顯得格外高興，眼睛亮了又亮，笑聲一陣接了一陣。

三人一起往娛樂室走，王和小齊走在前面，老李一人跟在後面。小齊個頭兒不高，王的頭頂能夠到小齊的肩膀以上，而和老李，只能在肩膀以下。

娛樂室裡有一架電子琴，一些人已經等在琴前了。小齊坐下來，開始彈一首老歌。這歌人們都是熟悉的，張口就唱，詞句、曲調，彷彿是無意識流出來的。琴聲歌聲繚繞在娛樂室裡，大家伴隨了這聲音，美妙的感覺難以言說。

一首唱罷，大家自是意猶未盡，等待小齊第二首的琴起。也有趁此機會誇讚小齊的，說：「小齊真是人才，彈得真好。」其他人便也隨了誇讚：「是啊，是啊，人才，人才，真好，真好。」只有老李，在一片誇讚聲中忽然問道：「小齊，能彈京劇不？」

小齊搖了搖頭，表示不會。不過小齊倒滿感興趣，說：「李老師您會唱京劇太好了，聯歡會上唱一段吧。」

老李說：「不行。」

小齊說：「咋不行？」

老李說：「沒伴奏啊。」

小齊說：「好說，您告給我唱哪段，我找來譜子練練。」

大家便一齊稱好，連王都說：「好啊，好啊，有小齊在，什麼難事都不叫事。」

老李卻說：「歌譜和戲譜可不一樣，就看那學戲的，哪個是跟譜子學會的？」

小齊笑道：「沒關係，有您在，多磨合幾回問題不大。」

老李卻不笑，說：「怕是沒你說的那麼簡單。」

一時間，大家竟有些沉默，小齊也沒了話說，略顯尷尬地手撫了琴，觸響了幾個莫名其妙的音節。

這時，王忽然說道：「京劇的確沒那麼簡單，那就不唱好了。小齊，你彈你的，我們還繼續唱歌吧！」

王說得斬釘截鐵的，容不得任何人反對的口氣，大家不由得就表示贊同，小齊的電子琴也不由得重新彈奏起來。

仍是一首老歌，仍是大家熟悉的，但不知怎麼唱出來遠沒第一首流暢，其中一句詞唱得含含糊糊，兩個節拍與小齊的電子琴還沒合上。

好在小齊仍是那麼熱情有趣，到第三首，大家的情緒就又再次被調動起來。而老李的京劇，直到唱完也沒再有人提起。

待回到房間，王問老李：「今兒是咋回事？」

老李說：「咋回事？」

王說：「裝，再裝。」

老李說：「我說的沒錯啊。」

王說：「看不出，你這個一向愛替別人著想的人，也可以冷面對人啊。」

老李說：「沒有啊。」

王說：「這下可好，你想唱京劇也甭唱了。」

老李說：「唱，我還就要唱一唱了。」

王說：「沒人請你，自個兒上臺唱啊？」

老李說：「自個兒就自個兒，票友們唱戲，哪個不是爭先恐後自報家門？」

王不再理他，以為他只是說說的，哪知到了聯歡會那天，他果真就自報家門，在大家的熱烈掌聲中登上了舞臺。與他一同上去的還有拎了一把京胡的琴師，王定睛細看，天啊，那不是市京劇團的頭把京胡老金嘛！

在票友這個圈子裡，老金肯給面子的也就是老李了。老李自然是唱得好，但唱得好的不只他一個，關鍵他們是年代久遠的朋友。當年文化大革命，老金的父母都挨批鬥，老金家也不斷有紅衛兵上門，他不敢待在家裡，便一個人在街上遊逛。有一天遇上老李，喜歡看戲的老李一眼認出拉京胡的老金，這個在戲臺上才能看到的少年，竟然對他老李不陌生、不嫌棄，沒說幾句話就隨他去了家裡。老李（小李）說的是：「你拉的《碰碑》那段反二黃，我一輩子都忘不了。」老金（小金）就說：「那也是我最喜歡拉的。」老李後來回憶，這句話也許還不是最重要的，最重要的是兩人都隻字沒提樣板戲。老金（小金）頭回見面沒提，後來也從沒提過，雖說滿大街都是樣板戲的聲音。那以後老金就常來老李家串門兒了，一待就是一天。開始是說話兒，說了段日子就一個拉一個唱了。兩人對京劇不捨不棄，相互也不捨不棄，如今都老鬢斑白，依然如故。老李這個人朋友不多，可以說話的朋友就更少，平時跟老金也不咋聯繫，但見面就有話說，就像從沒中斷過聯繫一樣。

二人幾乎是專業水平，下邊的掌聲一陣接了一陣，二人返了三回場才勉強滿足了大家。聯歡會一結束小齊就找到老李和老金，說這位金老師能不能定期來活動，養老院有幾個喜歡京劇的，他正愁缺個伴奏的呢。老金還沒說話，老李卻搖頭道：「怕是不行。」

這時小齊就看老金，老金就看老李。小齊說：「哪怕一週一次呢？哪怕養老院出點報酬呢？」

老李說：「不是報酬的事，也不是一週幾次的事。」

小齊說：「那是什麼？」

老李說：「你說的那幾個喜歡京劇的我知道，甭說板眼、音準，音兒還卡在嗓子裡沒出來呢。京劇這玩意兒，不是誰想唱就能唱的。」

小齊說：「正因為這樣，才需要個懂行的指導指導啊。」

老李說：「人家一個專業琴師，來這兒指導你喊嗓子？」

老金聽了便笑，不說行，也不說不行。

小齊看了老金，忽然指了自個兒說道：「金老師，就比方我，有點唱歌的基礎，多少懂點發音，學唱京劇應該沒問題吧？」

老金仍笑，不做回答。

小齊說：「金老師您就來吧，我們是真想學一學呢。」

老金仍笑。

小齊說：「聽了您的京胡我才意會到了京劇的好，來吧，金老師。」

老金終於開口道：「實話實說，我教不如讓老李教，他是個戲簍子，沒有他不會的，唱得也比我好多了。」

小齊說：「當然李老師也得教，但李老師沒有京胡啊。」

老金說：「那你們就先學著，我哪天得空了來這兒瞅一眼，反正老李在這兒，我早晚總是要來的。」

老金雖說面帶微笑，話卻說得不容反駁，弄得小齊再不好說什麼了。

這時的王，一直在他們身邊聽著。她知道老金是不好請的，他只固定在市京劇團附近的一個票房活動，還時常被請回去參加劇團的演出，今天能來，全仗了和老李的交情了。而老李是不輕易麻煩老金的，何況是一場無關緊要的聯歡會。從發現老金的到來，王就一直盯了老李，她想，他這是較的什麼勁呢？她想起當年和老李剛結婚時，也曾跟老金學過京劇。老金一口一個「嫂子」的，教得格外熱情。可開始還好，教了段日子，老金就有些不耐煩，動不動就黑了臉說：「重來，重來重來！」老金一走，王就把不滿撒到老李身上，說：「他對我黑臉，就是對你黑臉，今天黑臉、明天黑臉的，這朋友還有什麼意思？」老李就說：「他就那樣，凡對京劇不入道的人，都沒耐心。」王說：「我哪裡不入道了，是音準還是板眼？是發音還是尖團字？他能挑出來不？」老李說：「肯定挑不出來，可你自個兒聽聽，唱出來的是戲還是歌？味道不對啊。」味道不對王其實是有感覺的，但就是不想承認。後來在老李的指導下勉強練了一陣子，仍不見什麼效果，且老李有時也開始有意無意學了老金的腔調，說「重來重來」了。老李沒黑臉子，王倒先把臉子黑下來了，她說：「重來，重來，你們想得美，老子再也不想重來了！」自那以後，王就再沒學過京劇了。

王對老金，有點反感，還有點敬重，見了多少還有點發怵，不知跟他說點什麼。好在老李和老金沒那麼多客套，也沒留老金吃飯，徑直就將他送出了養老院。

回到樓裡，已到了開飯時間，王和老李直接去了餐廳。餐廳的兩張桌子都坐了人，小馬也已經為各位把飯菜盛好。大家看到老李和王，像平時一樣點點頭，仍埋下頭去，繼續吃飯，就像剛才聯歡會上的老李和這老李不是一個老李一樣。

原來是今天的飯菜有點異樣，四菜一湯變成了兩菜一湯，顏色少了鮮亮，味道上也差了不少。胖老太和瘦老太尤其不滿，她們說是換了廚師，這廚師要價低，一分價錢一分貨，看來養老院是要靠犧牲大家的利益降低成本呢。

兩人看著她們，又互相看看，決定吃完飯去找小齊反映。胖老太連連搖頭說：「沒用，小齊管娛樂的事，吃飯的事他不管。」他們說：「那誰管吃飯的事呢？」胖老太說：「不知道，這個人就從沒見過。」

這頓飯很快就結束了，剩了不少飯菜，全由小馬收拾了去了。邊收拾小馬邊嘟囔：「造孽，造孽啊。」聽上去就像個老年人數落年輕人一樣。

回到房間，老李往裡間走，準備睡他的午覺，王卻叫了聲「老李」，將他留在了客廳。

老李見王坐在沙發上，目光久久地對了他，卻不說話。

老李說：「有事？」

王仍不說話。

老李長長地打了個哈欠，說：「你可真精神，沒事我要去睡了。」

王說：「你敢！」

老李只好也在沙發上坐下來。

王說：「老李，我有點怕。」

老李說：「怕什麼？」

王說：「怕我們再搬家。」

老李說：「往哪兒搬？」

王說：「是啊，往哪兒搬呢？家都沒了。」

看上去王是認真的，滿臉的憂慮，滿臉的愁容。

老李坐向王的身邊，抓住了王的一隻手。

王說：「再搬，就只能是另一家養老院了？」

老李說：「為什麼要搬？」

王說：「你說呢？」

老李躲閃開王的目光。

王嘆口氣道：「主要是我，不想再住養老院了，不想再看到老人，不想再和他們一起吃飯。」

老李說：「我們自己也是老人啊。」

王說：「所以在老人堆裡才老得更快啊！」

老李說：「可是……」

王說：「可是我更怕搬家，聽說這是全市最好的一家養老院了。」

停了一會兒，老李忽然說道：「小齊他……實在想讓老金來，我就再做做老金的工作。」

王一揮手說：「不用，和這沒關係。」

老李說：「吃飯的事，我們一會兒就去找院領導反映。」

王又一揮手：「跟這也沒關係，就是不想待在養老院裡了。」

老李沉默一會兒，然後看定了王說：「王，我們的理想，也許就是兩個字呢。」

王說：「哪兩個字？」

老李說：「年輕。」

王不由得笑道：「什麼呀，年輕算什麼理想？要說是理想，天下哪個人不嚮往年輕呢？」

老李說：「甭管別人，反正你是，我也是。讓你這麼一說，我忽然一刻都不想待在這裡了。」

王有些驚訝地看著老李，說：「當真？」

老李說：「當真。」

王說：「可這麼走下去，等待我們的會是什麼？也許是陽關大道，也許就是萬丈深淵呢！就像房子的從有到無一樣。」

老李說：「不會，即便是也不怕，因為我們是兩個人。」

老李說著，又一次將自己大手裡的那隻小手緊緊握了握。

王說：「不知兒子會不會同意。」

老李說：「他同意不同意有什麼要緊？」

王說：「兒子也許會說，年輕不年輕全在心態，心態年輕在老人群裡照樣年輕，心態老放在幼兒園裡他也難年輕起來。」

老李說：「聽起來像有道理，但生活靠的是感覺，不是靠道理來的。」

王說：「到底是你，一下子就把話說透了。」

這天下午，他們就一直坐在沙發上，籌劃著新的生活目標。那目標，已毅然決然地將養老院排除在外。兒子曾多次批評過他們，說他們追求的過於表面，真正的追求應在心裡。他們就說：「形式就是內容，表面就是內心，物質也是精神呢！」他們說得理直氣壯，因為兒子過得並不比他們好，反還得需要他們的資助。

他們一邊籌劃，一邊開始收拾他們的物質。這一回，他們決定捨棄所有家具，衣物也做了大幅度刪減，只剩了可以隨身攜帶的兩個箱子。他們認為，物質恰到好處才可能變為精神，反之會成為累贅。

待太陽的最後一道光消失在樓道盡頭的窗口，小馬稍顯粗啞的聲音在樓道裡響起來，他們已經安然地坐在餐廳，準備吃養老院裡的最後一頓晚餐了。

二〇二二年五月八日

《長城》二〇二三年第二期

貓空－中國當代文學典藏叢書16　PG2925

他們的幸福生活
──何玉茹中短篇小說選

作　　者　何玉茹
責任編輯　孟人玉
圖文排版　黃莉珊
封面設計　吳咏潔

出版策劃　釀出版
製作發行　秀威資訊科技股份有限公司
114 台北市內湖區瑞光路76巷65號1樓
電話：+886-2-2796-3638　傳真：+886-2-2796-1377
服務信箱：service@showwe.com.tw
http://www.showwe.com.tw
郵政劃撥　19563868　戶名：秀威資訊科技股份有限公司
展售門市　國家書店【松江門市】
104 台北市中山區松江路209號1樓
電話：+886-2-2518-0207　傳真：+886-2-2518-0778
網路訂購　秀威網路書店：https://store.showwe.tw
國家網路書店：https://www.govbooks.com.tw
法律顧問　毛國樑　律師
總 經 銷　聯合發行股份有限公司
231新北市新店區寶橋路235巷6弄6號4F
電話：+886-2-2917-8022　傳真：+886-2-2915-6275

出版日期　2023年9月　BOD一版
定　　價　300元

讀者回函卡

Printed in Taiwan

國家圖書館出版品預行編目

他們的幸福生活：何玉茹中短篇小說選/何玉茹著. -- 一版. -- 臺北市：釀出版, 2023.09
面； 公分. -- (貓空-中國當代文學典藏叢書 ; 16)
BOD版
ISBN 978-986-445-847-9(平裝)

857.63 112012267